教育部基础教育课程教材发展中心
中小学生阅读指导目录(2020年版)

哈 姆 雷 特

〔英〕莎士比亚 著

朱生豪 译

陈才宇 校订

浙江工商大学出版社
ZHEJIANG GONGSHANG UNIVERSITY PRESS

·杭州·

图书在版编目(CIP)数据

哈姆雷特 /（英）莎士比亚著；朱生豪译. — 杭州：
浙江工商大学出版社，2020.6
ISBN 978-7-5178-3898-2

Ⅰ.①哈… Ⅱ.①莎… ②朱… Ⅲ.①悲剧－剧本－
英国－中世纪 Ⅳ.①I561.33

中国版本图书馆 CIP 数据核字(2020)第 097584 号

哈姆雷特
HAMULEITE
［英］莎士比亚 著　朱生豪 译　陈才宇 校订

责任编辑	钟仲南　张　玲	
封面设计	林朦朦	
责任印制	包建辉	
出版发行	浙江工商大学出版社	
	（杭州市教工路 198 号　邮政编码 310012）	
	（E-mail:zjgsupress@163.com）	
	（网址:http://www.zjgsupress.com）	
	电话:0571-88904980,88831806(传真)	
排　　版	杭州朝曦图文设计有限公司	
印　　刷	浙江全能工艺美术印刷有限公司	
开　　本	880mm×1230mm　1/32	
印　　张	3.75	
字　　数	100 千	
版 印 次	2020 年 6 月第 1 版　2020 年 6 月第 1 次印刷	
书　　号	ISBN 978-7-5178-3898-2	
定　　价	25.00 元	

写 在 前 面

　　莎士比亚(1564—1616)是英国文艺复兴时期的剧作家。他的文学创作是人类智慧的见证。学术界有"说不完的莎士比亚"之说,演艺界有"演不完的莎士比亚"之说,足以证明他的作品的经典性和超越时代的艺术魅力。

　　作为剧作家的莎士比亚几乎是全能的,一生共创作过 13 部喜剧,10 部悲剧,11 部历史剧,5 部传奇剧。各种戏剧样式,他都写得精彩纷呈。

　　《哈姆雷特》是一部悲剧,是莎士比亚戏剧艺术的一座丰碑。

　　丹麦王子哈姆雷特是个有理想、有抱负的青年。他的父亲突然去世,母亲在父亲去世后不久改嫁给继承了王位的叔父克劳狄斯。在一个阴森恐怖的黑夜,丹麦老王的鬼魂出现,告诉哈姆雷特自己如何在花园午睡时被弟弟克劳狄斯谋杀,并要求哈姆雷特为他报仇。为了迷惑克劳狄斯,哈姆雷特装疯卖傻,设法试探对方。国王也在试探他:国王先后安排哈姆雷特少年时代的同学和恋人奥菲利娅进行试探,均被哈姆雷特识破。哈姆雷特则请来戏班子在王宫里演出情节与叔父杀兄篡位相似的戏剧试探国王,证实了他的罪行。克劳狄斯受良心谴责,在私室里忏悔,被哈姆雷特发现。他本想即刻上前行刺,但又担心忏悔后的灵魂会升入天堂而作罢。克劳狄斯授意王后把哈姆雷特召进王宫谈话,并安排奥菲利娅的父亲波洛涅斯躲在帷幕后偷听。哈姆雷特以为是国王,拔剑将偷听者刺死。克劳狄斯闻讯后赶紧派人护送哈姆雷特出使英国,并密书英王将他处死。哈姆雷特在去英国的路上遇到海盗,获释后返回丹麦。奥菲利娅因情人装疯、父亲被情人刺死发了真疯,溺水而亡。在法国读书的波洛涅斯的儿子雷厄提斯听到父亲的死讯赶回丹麦。克劳狄斯怂恿他与哈姆雷特比剑决斗。为了置哈姆雷特于死地,国王事先在雷厄提斯的剑上涂了毒药,还备了毒酒。比剑时哈姆雷特占了上风,王后高兴得喝下那杯毒酒。雷厄提斯趁哈姆雷特不备,用毒剑刺伤哈姆雷特,哈姆雷特夺过毒剑回刺雷厄提斯。此时,王后酒毒发作,倒地而死。雷厄提斯剑毒发作,临死前揭发了国王的阴谋。哈姆雷特用毒剑刺死奸王,自己也因剑伤而死。临死前他要求他的好友把事情的真相昭示世人,让人们明辨是非,伸张正义。

《哈姆雷特》的主题是:反思人文主义,关注人的命运。

作为一个人文主义者,莎士比亚已不像他的前辈和他自己的早期那样只一味歌颂人的伟大和人性中美好的一面,随着资本主义原始结累的开始,莎士比亚已清楚地认识到人性中恶的一面及其对社会秩序的破坏。与哈姆雷特一样,他的心路历程从乐观的理想主义者转向了悲观的怀疑论者。对人的价值从"人是多么了不起的杰作——宇宙的精华,万物的灵长"的礼赞转变到"这个泥塑的生命算得了什么?"的质疑。莎士比亚从克劳狄斯(当然也包括麦克白、伊阿古等人)身上,发现了人的奸诈、虚伪、贪婪、残暴等恶劣的品格。而具有这些恶劣品格的人又正好是人文主义运动中冒出来的一代新人。当这样一代新人掌握国家的权力,世界将变成什么样子呢?这是莎士比亚所关注的,也是他想借《哈姆雷特》有所表述和阐发的。

有个问题值得读者思考:哈姆雷特在复仇行动上为什么迟缓、延宕?

从社会学的层面看,人文主义运动提倡解放思想,做你想做的事,也就是说,人文主义要求从神性中解放人性。但人性是一个潘多拉的盒子,里面善的恶的都有。恶的东西一旦占了上风,足可以将这个世界变成"一个荒芜不治的花园,长满了恶毒的莠草",成为"一所很大的牢狱"。在特定的历史条件下,哈姆雷特要想重整乾坤是不可能的。哈姆雷特代表的是人性中的善。他与克劳狄斯之间的冲突,是人性中善与恶之间的冲突的意象化表达。在哈姆雷特所在的那个时代,恶的势力极其强大,善的力量斗不过恶的力量。因此,哈姆雷特想重整乾坤的理想不可能实现,他最后的失败也是不可避免的。

从哲学的层面看,哈姆雷特知道复仇行动可能导致自身的毁灭,对于生存、死亡、灵魂这些形而上的问题,他需要时间去思考。作为一个人文主义者,他崇尚人性,反对神性,但并不等于说他是个无神论者。在克劳狄斯忏悔的时候,他本来有很好的机会刺杀克劳狄斯,但他没有下手,顾忌的就是忏悔后的灵魂会升入天堂。他不愿让克劳狄斯这样十恶不赦的人进入天堂。刺杀时,如果他自己也付出了生命的代价,那他自己的灵魂又将去了哪里呢? 死后的状态是一个未发现的王国,从未见过一个旅行者从那里返回。这一苍白的思虑使他失去了果断行动的名分。

当然,我们还可以从心理学的层面去寻求问题的答案,比如恋母情结、那喀索斯情结等,都可以作为剖析哈姆雷特复杂的内心世界的切入点。有人说:一千个读者就有一千个哈姆雷特。这话有一定的道理。人类的文学实践反复证明:凡是具备多元解读的文学形象,总是属于艺术创造中最优秀的一部分。《哈姆雷特》并不例外。

我国对《哈姆雷特》一剧的翻译多达数十种,但最被读者认可的依然是朱生豪的译文。我的校订依据国家图书馆出版社影印出版的《朱生豪译莎士比亚戏剧手稿》(2012 年版),修改之处采用不同字体排版,并在当页注释中给出朱译原文,从而最大限度地维护了朱译译文的真实性与权威性。

陈才宇

2020 年 5 月

题　　解

　　《哈姆雷特》约写于 1599—1601 年间,伦敦书业公所登记于 1602 年 7 月 26 日。1603 年刊行的第一四开本舛误甚多,后人认为是初稿本或盗本;1604 年印行的第二四开本对第一四开本大加增润,被认为是定稿本。

　　有关哈姆雷特的史迹,最早见于 12 世纪的丹麦史家萨克索·格兰玛狄克所著的《丹麦史》。1570 年,法国人贝尔佛莱用法文编译了哈姆雷特的故事,收入他所著的《悲剧故事集》中。贝尔佛莱的法文本增加了一些原著没有的内容,如哈姆雷特的忧郁,等等。

　　莎士比亚创作《哈姆雷特》,并不一定参照上述文献,因为在他以前戏剧界已经产生过一个同名剧本。此剧的作者有人认为是《西班牙的悲剧》的作者基德,只可惜这个本子没有流传下来;如今我们已无法考证莎士比亚多大程度上参照并创新了基德的作品。

　　译文见于国家图书馆出版社 2012 年版《朱生豪译莎士比亚戏剧手稿》第 4 册,世界书局版《莎士比亚戏剧全集》(1947) 第二辑。原标题为《汉姆莱脱》。

剧　中　人　物

克劳狄斯　丹麦国王

哈姆雷特　前王之子,今王之侄

福丁勃拉斯　挪威王子

霍拉旭　哈姆雷特之友

波洛涅斯　御前大臣

雷厄提斯　波洛涅斯之子

伏提曼特
考尼律斯
罗森克兰兹　　　　朝臣
吉尔登斯特恩
奥斯里克

一侍臣

马西勒斯
　　　　　军官
勃那多

弗兰西斯科　兵士

雷那尔多　波洛涅斯之仆

一队长

英国使臣

众伶人

二小丑　掘坟墓者

葛特鲁德　丹麦王后,哈姆雷特之母
奥菲莉娅　波洛涅斯之女

贵族、贵妇、军官、兵士、教士、水手、使者及侍从等
哈姆雷特父亲的鬼魂

地　　点

埃尔西诺

第 一 幕

第一场 埃尔西诺;城堡前的露台

[弗兰西斯科立台上守望,勃那多自对面上。

勃那多 那边是谁?

弗兰西斯科 不,你先回答我;站住,告诉我你是什么人。

勃那多 国王万岁!

弗兰西斯科 勃那多吗?

勃那多 正是。

弗兰西斯科 你来得很准时。

勃那多 现在已经打过十二点钟;你去睡吧,弗兰西斯科。

弗兰西斯科 谢谢你来替换我,天冷得厉害,我心里也老大不舒服。

勃那多 你守在这儿,一切都很安静吗?

弗兰西斯科 一只小老鼠也不见走动。

勃那多 好,晚安! 要是你碰见霍拉旭和马西勒斯,我的守夜的伙伴们,就叫他们赶紧一点来。

弗兰西斯科 我想我听见了他们的声音。喂,站住! 那边是谁?

[霍拉旭及马西勒斯上。

霍拉旭 都是自己人。

马西勒斯 丹麦王的臣民。

弗兰西斯科 祝你们晚安!

马西勒斯 啊! 再会,正直的军人! 谁替换了你?

弗兰西斯科 勃那多代替我值班。祝你们晚安。(下。)

马西勒斯 喂! 勃那多!

勃那多　　喂，——啊！霍拉旭也来了吗？

霍拉旭　　这儿有一个他。

勃那多　　欢迎，霍拉旭！欢迎，好马西勒斯！

马西勒斯　　什么！这东西今晚又出现过了吗？

勃那多　　我还没有瞧见什么。

马西勒斯　　霍拉旭说那不过是我们的幻想。我告诉他，我们已经两次看见这一个可怕的怪象，他总是不肯相信；所以我请他今晚也来陪我们守一夜，要是这鬼再出来，就可以证明我们并没有看错，还可以叫他和它说几句话。

霍拉旭　　嘿，嘿，它不会出现的。

勃那多　　先请坐下；虽然你一定不肯相信我们的故事，我们还是要把我们这两夜来所看见的情形再向你絮叨一遍。

霍拉旭　　好，我们坐下来，听听勃那多怎么说。

勃那多　　昨天晚上，当那照耀在旗杆西端的天空的明星正在向它现在吐射光辉的地方运行的时候，马西勒斯跟我两个人，那时候钟刚敲了一点——

马西勒斯　　住声！不要说下去，瞧，它又来了！

　　　　　　〔鬼魂上。

勃那多　　正像已故的国王的模样。

马西勒斯　　你是有学问的人，对它说话去，霍拉旭。

勃那多　　它的样子不像已故的国王吗？看好，霍拉旭。

霍拉旭　　像得很；它使我心里充满了恐怖和惊奇。

勃那多　　它希望我们对它说话。

马西勒斯　　你去问它，霍拉旭。

霍拉旭　　你是什么鬼怪，胆敢僭窃丹麦先王神武的雄姿，在这样深夜的时分出现？凭着上天的名义，我命令你说话！

马西勒斯　　它生气了。

勃那多　　瞧，它悄悄地走了！

霍拉旭　不要走！说呀，说呀！我命令你，快说！（鬼魂下。）

马西勒斯　它去了，不愿回答我们。

勃那多　怎么，霍拉旭！你在发抖，你的脸色这样惨白。这不是幻想吧？你有什么高见？

霍拉旭　当着上帝的面前，倘不是我自己的眼睛向我证明，我再也不会相信这样的怪事。

马西勒斯　它不像我们的国王吗？

霍拉旭　正像你就是自己一样。它身上的那副战铠，正就是他讨伐野心的挪威那时候所穿的；它脸上的那副怒容，活像他有一次在一场激烈的争辩中，把那些波兰人打倒在冰上那时候的神气。怪事怪事！

马西勒斯　前两次他也是这样不先不后地在这个静寂的时辰，用军人的步态走过我们的眼前。

霍拉旭　我不知道究竟应该怎样想法；可是大概推测起来，这恐怕预兆着我们国内将要有一番非常的变故。

马西勒斯　好吧，坐下来。谁要是知道的，请告诉我，为什么我们要有这样森严的戒备，使全国的军民每夜不得安息；为什么每天都在制造铜炮，还要向国外购买战具；为什么赶造这许多船只，连星期日也不停止工作；这样夜以继日的辛苦忙碌，究竟将要有什么事情发生呢？谁能够告诉我？

霍拉旭　我可以告诉你，至少一般人都是这样传说。刚才他的形象还向我们出现的那位已故的王上，你知道，曾经接受骄矜好胜的挪威的福丁勃拉斯的挑战；在那一次决斗中间，我们的勇武的哈姆雷特，——他的英名是举世称颂的，——把福丁勃拉斯杀死了；按照双方根据法律和骑士精神所订立的协定，福丁勃拉斯要是战败了，除了他自己的生命以外，必须把他所有的一切土地拨归胜利的一方；同时我们的王上也提出相当的土地作为赌注，要是福丁勃拉斯得胜了，就归他没收占有，正像在同一协定上所规定的,他失败了,哈姆雷特可以把他的土地没收占有一样。现在要说起那位福丁勃拉斯的儿子,他生得一副烈火也似的性格,已经在挪威的四境召集了一群无赖之徒,供给他们衣食,驱策他们去干冒险的勾当;他的唯一的目的,我们的当局看得很清楚,无非是要用武力和强迫性的条件,夺回他父亲所丧失的土地。照我所知道的,这就是我们种种准备的主要动机,我们这样戒备的唯一原因,也是全国所以这样慌忙骚乱的缘故。

勃那多　我想正是为了这一个缘故。我们那位王上在过去和目前的战乱中间,都是一个主要的角色,所以无怪他的武装的形象要向我们出现示警了。

霍拉旭　那是扰乱我们心灵之眼的一点微尘。从前在富强繁盛的罗马,当那雄才大略的朱利斯·凯撒驾崩以前不久的时候,披着殓衾的死人都从坟墓里出来,在街道上啾啾鬼语,拖着火尾喷着血露的星辰在白昼陨落,支配潮汐的月亮被吞蚀得像一个没有起色的病人;这一类预报重大变故的征兆,在我们国内也已经屡次出现了。可是不要响!瞧!瞧!它又来了。

　　　　　〔鬼魂重上。

霍拉旭　我要挡住它的去路,即使它会害我。不要走,幻象!要是你会开口,对我说话吧;要是我有可以为你效劳之处,使你的灵魂得到安息,那么对我说话吧;要是你预知祖国的命运,靠着你的指示,可以及时避免未来的灾祸,那么对我说话吧!或者你在生前曾经把你搜刮得来的财宝埋藏在地下,我听见人家说,鬼魂往往在他们藏金的地方徘徊不散,(鸡啼)要是有这样的事,你也对我说吧;不要走,说呀!拦住它,马西勒斯。

马西勒斯　要不要用我的戟刺它?

霍拉旭　好的,要是它不肯站定。

勃那多　它在这儿!

霍拉旭　它在这儿!(鬼魂下。)

马西勒斯　它走了！我们不该用暴力对待这样一个尊严的亡魂；因为它是像空气一样不可侵害的，我们无益的打击不过是恶意的徒劳。

勃那多　它正要说话的时候，鸡就啼了。

霍拉旭　于是它就像一个罪犯听到了可怕的召唤似的惊跳起来。我听人家说，报晓的雄鸡用高锐的啼声，唤醒了白昼之神，一听到它的警告，那些在海里、火里、地下、空中，到处浪游的有罪的灵魂，就一个个钻回自己的巢穴里去；这句话现在已经证实了。

马西勒斯　它在鸡啼的时候隐去。有人说我们的救主将要诞生以前，这报晓的鸟儿彻夜长鸣；那时候，他们说，没有一个鬼魂可以出外行走，夜间的空气非常清净，没有一颗星用毒光射人，没有一个神仙用法术迷人，妖巫的符咒也失去了力量，一切都是圣洁而美好的。

霍拉旭　我也听人家这样说过，倒有几分相信。可是瞧，清晨披着赤褐色的外衣，已经踏着那边东方高山上的露水过来了。我们也可以下班了。照我的意思，我们应该把我们今夜看见的事情告诉年轻的哈姆雷特；因为凭着我的生命起誓，这一个鬼魂虽然对我们不发一言，见了他一定有话要说。你们以为按着我们的忠心和责任说起来，是不是应当让他知道这件事情？

马西勒斯　很好，我们决定去告诉他吧；我知道今天在什么地方最容易找到他。（同下。）

第二场　城堡中的大厅

　　〔国王、王后、哈姆雷特、波洛涅斯、雷厄提斯、伏提曼特、考尼律斯、群臣、侍从等上。

国王　虽然我们亲爱的王兄哈姆雷特新丧未久，我们的心里应当充满了悲痛，我们全国都应当表示一致的哀悼，可是我们凛于后死者责任的重大，不能不违情逆性，一方面固然要用适度的悲哀纪念他，一方面也要为自身的利害着想；所以，在一种悲喜交集的情绪之下，让幸福和忧郁分据了我的两眼，殡葬的挽歌和结婚的笙乐同时并奏，用盛大的喜乐抵销沉重的不幸，我已经和我旧日的长嫂，当今的王后，这一个多事之国的共同的统治者，结为夫妇；这一次婚姻事先曾经征求各位的意见，多承你们诚意的赞助，这是我必须向大家致谢的。现在我要告诉你们知道，年轻的福丁勃拉斯看轻了我们的实力，也许他以为自从我们亲爱的王兄崩逝以后，我们的国势已经瓦解，所以挟着他的从中取利的梦想，不断向我们书面要求把他的父亲依法割让给我们英勇的王兄的土地归还。这是他一方面的说话。现在要讲到我们的态度和今天召集各位来此的目的。我们的对策是这样的：我这儿已经写好了一封信给挪威国王，年轻的福丁勃拉斯的叔父，他因为卧病在床，不曾与闻他侄子的企图，在信里我请他注意他的侄子擅自在国内征募丁壮、训练士卒、积极进行各种准备的事实，要求他从速制止他的进一步的行动；现在我就派遣你，考尼律斯，还有你，伏提曼特，替我把这封信送去给挪威老王，除了训令上所规定的条件以外，你们不得僭用你们的权力，和挪威答成逾越范围的妥协。你们赶紧就去吧，再会！

考尼律斯、伏提曼特　我们敢不尽力执行陛下的旨意。

国王　我相信你们的忠心；再会！（伏提曼特、考尼律斯同下）现在，雷厄提斯，你有什么话说？你对我说你有一个请求，是什么请求，雷厄提斯？只要是合理的事情，你向丹麦王说了，他总不会不答应你。你有什么要求，雷厄提斯，是我不曾在你没有开口以前就自动给了你的？丹麦王室和你父亲的关系，正像头脑之于心灵一样密切；丹麦国王乐意为你父亲效劳，正像嘴里所说的话，可以由双手去执行一样。你要些什么，雷厄提斯？

雷厄提斯　陛下，我要请求你允许我回到法国去。这一次我回国参加陛下加冕的盛典，略尽臣子的微忱，实在是莫大的荣幸；可是现在我的任务已尽，我的心愿又向法国飞驰，但求陛下开恩允许。

国王　你父亲已经答应你了吗？波洛涅斯怎么说？

波洛涅斯　陛下，我却不过他几次三番的恳求，已经勉强答应他了；请陛下放他去吧。

国王　好好利用你的时间，雷厄提斯，尽情发挥你的才能吧！可是来，我的侄儿哈姆雷特，我的孩子——

哈姆雷特　（旁白）超乎寻常的亲族，漠不相干的路人。

国王　为什么愁云依旧笼罩在你的身上？

哈姆雷特　不，陛下，我已经在太阳下晒得太久了。

王后　好哈姆雷特，脱下你的黑衣，对你的父王应该和颜悦色一点；不要老是垂下了眼皮，在泥土之中找寻你的高贵的父亲。你知道这是一件很普通的事情，活着的人谁都要死去，从生存的空间踏进了永久的宁静。

哈姆雷特　嗯，母亲，这是一件很普通的事情。

王后　既然是很普通的，那么你为什么瞧上去好像老是这样郁郁于心呢？

哈姆雷特　好像，母亲！不，是这样就是这样，我不知道什么"好像"不"好像"。好妈妈，我的墨黑的外套，礼俗上规定的丧服，勉强吐出来的叹气，像滚滚江流一样的眼泪，悲苦沮丧的脸色，以及一切仪式、外表和忧伤的流露，都不能表示出我的真实的情绪。这些才真是给人瞧的，因为谁也可以做作成这种样子。它们不过是悲哀的装饰和衣服，可是我的郁结的心事却是无法表现出来的。

国王　哈姆雷特，你这样孝思不匮，原是你天性中纯笃过人之处；可是你要知道，你的父亲也曾失去过一个父亲，那失去的父亲自己也失去过父亲；那后死的儿子为了尽他的孝道起见，必须有一个时期服丧守制，然而固执不变的哀伤，却是一种逆天悖理的愚行,不是堂堂男子所应有的举止;它表现出一个不肯安于天命的意志,一个经不起艰难痛苦的心,一个缺少忍耐的头脑和一个简单愚昧的理性。既然我们知道那是无可避免的事,无论谁都要遭遇到同样的经验,那么我们为什么要这样固执地把它耿耿于怀呢?嘿!那是对上天的罪戾,对死者的罪戾,也是违反人情的罪戾;在理智上它是完全荒谬的,因为从第一个死了的父亲起,直到今天死去的最后一个父亲为止,理智永远在呼喊:"这是无可避免的。"我请你抛弃了这种无益的悲伤,把我当作你的父亲;因为我要让全世界知道,你是王位的直接继承者,我要给你尊荣和恩宠,不亚于一个最慈爱的父亲之于他的儿子。至于你要回到威登堡去继续求学的意思,那是完全违反我们的愿望的;请你听从我的劝告,不要离开这里,在朝廷上领袖群臣,做我们最亲近的国亲和王儿,使我们因为每天能够看见你而心生快慰。

王后　不要让你母亲的祈求全归无用,哈姆雷特;请你不要离开我们,不要到威登堡去。

哈姆雷特　我要勉力服从您的意见,母亲。

国王　啊,那才是一个有孝心的答复;你将在丹麦享有和我同等的尊荣。御妻,来。哈姆雷特这一种自动的顺从使我非常高兴;为了表示庆祝起见,今天丹麦王每一次举杯祝饮的时候,都要放一响高入云霄的祝炮,让上天应和着地上的雷鸣,发出欢乐的回声。来。(除哈姆雷特外均下。)

哈姆雷特　啊,但愿这一个太坚实的肉体会融解、消散,化成一堆露水!或者那永生的真神不曾制定禁止自杀的律法!上帝啊!上帝啊!人世间的一切在我看来是多么可厌、陈腐、乏味而无聊!哼!哼!那是一个荒芜不治的花园,长满了恶毒的莠草。想不到居然会有这种事情?刚死了两个月!不,两个月还不满!这样好的一个国王,比起这一个来,简直是天神和丑怪;这样爱我的母亲,甚至于不愿让天风吹痛了她的脸庞,天上和地下!我必须记着吗？嘿，她会偎依在他的身旁，好像吃了美味的食物，格外促进了食欲一般；可是，只有一个月的时间，我不能再想下去了！脆弱啊，你的名字就是女人！短短的一个月以前，她哭得像个泪人儿似的，送我那可怜的父亲下葬；她在送葬的时候所穿的那双鞋子现在还没有破旧，她就，她就——上帝啊！一个没有理性的畜生也要悲伤得长久一些——她就嫁给我的叔父，我的父亲的弟弟，可是他一点不像我的父亲，正像我一点不像赫拉克勒斯一样。只有一个月的时间，她那流着虚伪之泪的眼睛还没有消去红肿，她就嫁了人了。啊，罪恶的匆促，这样迫不及待地钻进了乱伦的衾被！那不是好事，也不会有好结果；可是碎了吧，我的心，因为我必须噤住我的嘴！

〔霍拉旭、马西勒斯、勃那多同上。

霍拉旭　祝福，殿下！

哈姆雷特　我很高兴看见你身体康健，霍拉旭！——**真的是你吗？**

霍拉旭　我也是这样，殿下，我永远是您的卑微的仆人。

哈姆雷特　不，你是我的好朋友，我愿意和你朋友相称。你怎么不在威登堡，霍拉旭？马西勒斯！

马西勒斯　殿下——

哈姆雷特　我很高兴看见你。（向勃那多）午安，朋友。——可是你究竟为什么离开威登堡？

霍拉旭　无非是偷闲躲懒罢了，殿下。

哈姆雷特　我不愿听见你的仇敌说这样的话，你也不能用这样的话刺痛我的耳朵，使它相信你对你自己所做的诽谤；我知道你不是一个偷闲躲懒的人。可是你在埃尔西诺有什么事？趁你未去之前，我们要陪你痛饮几杯哩。

霍拉旭　殿下，我是来参加您的父王的葬礼的。

哈姆雷特　请你不要取笑，我的同学，我想你是来参加我的母后的婚礼的。

霍拉旭　真的,殿下,这两件事情相去得太近了。

哈姆雷特　这是一举两便的办法,霍拉旭! 葬礼中剩下来的残羹冷炙,正好宴请婚筵上的宾客。霍拉旭,我宁愿在天上遇见我的最痛恨的仇人,也不愿看到那样的一天! 我的父亲,我仿佛看见我的父亲。

霍拉旭　啊,在什么地方,殿下?

哈姆雷特　在我的心灵的眼睛里,霍拉旭。

霍拉旭　我曾经见过他一次,他是一个很好的君王。

哈姆雷特　他是一个堂堂男子;整个儿说起来,我再也见不到像他那样的人了。

霍拉旭　殿下,我想我昨天晚上看见他。

哈姆雷特　看见谁?

霍拉旭　殿下,我看见您的父王。

哈姆雷特　我的父王!

霍拉旭　不要吃惊,请您静静地听我把这件奇事告诉您,这两位可以替我做见证。

哈姆雷特　看在上帝的分上,讲给我听。

霍拉旭　这两位朋友,马西勒斯和勃那多,在万籁俱寂的午夜守望的时候,曾经连续两夜看见一个自顶至踵全身甲胄,像您父亲一样的人形,在他们的面前出现,用庄严而缓慢的步伐走过他们的身边。当着他们惊奇骇愕的眼前,他三次步行过去,他手里所握的鞭杖可以碰到他们的身上;他们吓得几乎浑身都瘫痪了,只是呆立着不动,一句话也没有对他说。怀着惴惧的心情,他们把这件事悄悄地告诉了我。我就在第三夜陪着他们一起守望;正像他们所说的一样,那鬼魂又出现了,出现的时间和他的形状,证实了他们的每一个字都是正确的。我认识你的父亲,那鬼魂是那样酷肖他的生前,我这两手也不及他们彼此的相似。

哈姆雷特　可是这是在什么地方?

马西勒斯　殿下，就在我们守望的露台上。

哈姆雷特　你有没有对它说话？

霍拉旭　殿下，我说的，可是它没有回答我；不过有一次我觉得它好像抬起头来，像要开口说话似的，可是就在那时候，晨鸡高声啼了起来，它一听见鸡鸣，就很快地隐去不见了。

哈姆雷特　这很奇怪。

霍拉旭　凭着我的生命起誓，殿下，这是真的；我们认为按着我们的责任，应该让您知道这件事。

哈姆雷特　不错，不错，朋友们，可是这件事情很使我迷惑。你们今晚仍旧要去守望吗？

马西勒斯、勃那多　是，殿下。

哈姆雷特　你们说他穿着甲胄吗？

马西勒斯、勃那多　是，殿下。

哈姆雷特　从头到脚？

马西勒斯、勃那多　从头到脚，殿下。

哈姆雷特　那么你们没有看见他的脸吗？

霍拉旭　啊，看见的，殿下；他的脸甲是掀起的。

哈姆雷特　怎么，他瞧上去像在发怒吗？

霍拉旭　他的脸上悲哀多于愤怒。

哈姆雷特　他的脸色是惨白的还是红红的？

霍拉旭　非常惨白。

哈姆雷特　他把眼睛注视着你吗？

霍拉旭　他直盯着我瞧。

哈姆雷特　我希望我也在那边。

霍拉旭　那一定会使您惊愕万分。

哈姆雷特　多分会的，多分会的。它停留得长久吗？

霍拉旭　大概有一个人用不快不慢的速度从一数到一百的那段时间。

马西勒斯、勃那多　还要长久一些,还要长久一些。

霍拉旭　我看见它的时候,不过是这么久。

哈姆雷特　他的胡须是斑白的吗?

霍拉旭　是的,正像我在他生前看见的那样,乌黑的胡须里略有几根变成白色。

哈姆雷特　我今晚也要守夜去,也许它还会出来。

霍拉旭　我可以担保它一定会出来。

哈姆雷特　要是它借着我的父王的形貌出现,即使地狱张开嘴来,叫我不要作声,我也一定要对它说话。要是你们到现在还没有把你们所看见的告诉别人,那么我要请求你们大家继续保持沉默;无论今夜发生什么事情,都请放在心里,不要在口舌之间泄露出去。我一定会报答你们的忠诚。好,再会;今晚十一点钟到十二点钟之间,我要到露台上来看你们。

众人　我们愿意为殿下尽忠。

哈姆雷特　让我们彼此保持着不渝的交情;再会!(霍拉旭、马西勒斯、勃那多同下)我父亲的灵魂披着甲胄!事情有些不妙,我恐怕这里面一定有奸人的恶计。但愿黑夜早点到来!静静地等着吧,我的灵魂,罪恶的行为总有一天被发现,虽然地上所有的泥土把它们遮掩。(下。)

第三场　波洛涅斯家中一室

〔雷厄提斯及奥菲莉娅上。

雷厄提斯　我需要的物件已经装在船上,再会了;妹妹,在好风给人方便、路上没有阻碍的时候,不要贪睡,让我听见你的消息。

奥菲莉娅　你还不相信我吗?

雷厄提斯　对于哈姆雷特和他的调情献媚,你必须把它认作一时的感情冲动,一朵初春的紫罗兰,早熟而易凋,馥郁而不能持久,一分钟的芬芳和喜悦,如此而已。

奥菲莉娅　不过如此吗？

雷厄提斯　不过如此，因为像新月一样逐渐饱满的人生，不尽是肌肉和体格的成长，而且随着身体的发展，精神和心灵也同时扩大。也许他现在爱你，他的真诚的意志是纯洁而不带欺诈的；可是你必须留心，他有这样高的地位，他的意志并不属于他自己，因为他自己也要被他的血统所支配，他不能像一般庶民一样为自己选择，因为他的决定足以影响到整个国家的安危，他是全身的首脑，他的选择必须得到各部分肢体的同意；所以要是他说，他爱你，你可以相信他在他的地位之上，也许会把他的说话见之行事，可是那必须以丹麦的公意给他赞许为限。你再想一想，要是你过于轻信的耳朵倾听他的歌曲，让他攫走你的心，在他的狂妄的渎求之下，打开了你的宝贵的童贞，那时候你的名誉将要蒙受多大的损失。留心，奥菲莉娅，留心，我的亲爱的妹妹，不要放纵你的爱情，不要让欲望的利箭把你射中。一个自爱的女郎不应该向月亮显露她的美貌，圣贤也不能逃避谗口的中伤；春天的草木往往还没有吐放它们的蓓蕾，就被蛀虫蠹蚀；朝露一样晶莹的青春，常常会受到罡风的吹打。所以留心吧，戒惧是最安全的方策；即使没有旁人的诱惑，少年的血气也要向他自己叛变。

奥菲莉娅　我要记住你这个很好的教训，让它看守着我的心。可是，我的好哥哥，你不要像有些坏牧师一样，指点我上天去的险峻的荆棘之途，自己却在花街柳巷流连忘返，忘记了自己的箴言。

雷厄提斯　啊！不要为我担心。我耽搁得太久了；可是我的父亲来了。

　　　　　［波洛涅斯上。

雷厄提斯　两重的祝福是双倍的恩荣，第二次的告别是格外可喜的。

波洛涅斯　还在这儿，雷厄提斯！上船去，上船去，真好意思！风息在帆顶上，人家都在等着你哩。好，我为你祝福！还有几句教训，希望你铭刻在记忆之中：不要想到什么就说什么，凡事必须三思而行。对人要和气,可是不要过分狎昵。相知有素的朋友,应该用钢圈箍在你的灵魂上,可是不要对每一个泛泛的新知滥施你的交情。留心避免和人家争吵;可是万一争端已起,就应该让对方知道你不是可以轻侮的。倾听每一个人的意见,可是只对极少数人发表你自己的意见;接纳每一个人的批评,可是保留你自己的判断。尽你的财力购制贵重的衣服,可是不要炫新立异,必须富丽而不浮艳,因为服装往往可以表现人格;法国的名流要人,在这一点上是特别注重的。不要向人告贷,也不要借钱给人;因为借款放了出去,往往不但丢了本钱,而且还失去了朋友;向人告贷的结果,容易养成因循懒惰的习惯。尤其要紧的,你必须对你自己忠实,正像有了白昼才有黑夜一样,对自己忠实,才不会对别人欺诈。再会;让我的祝福使你记住这一番话!

雷厄提斯　父亲,我告别了。

波洛涅斯　时候不早了;去吧,你的仆人都在等着。

雷厄提斯　再会,奥菲莉娅,记住我对你说的话。

奥菲莉娅　你的话已经锁在我的记忆里,那钥匙你替我保管着吧。

雷厄提斯　再会!(下。)

波洛涅斯　奥菲莉娅,他对你说些什么话?

奥菲莉娅　回父亲的话,我们刚才谈起哈姆雷特殿下的事情。

波洛涅斯　嗯,这是应该考虑一下的。听说他近来常常跟你在一起,你也从来不拒绝他的求见;要是果然有这种事——人家这样告诉我,也无非是叫我注意的意思——那么我必须对你说,你还没有懂得你做了我的女儿,按照你的身份,应该怎样留心你自己的行动。究竟在你们两人之间有些什么关系? 老实告诉我。

奥菲莉娅　父亲,他最近曾经屡次向我表示他的爱情。

波洛涅斯　爱情! 呸! 你讲的话完全像是一个不曾经历这种危险的不懂事的女孩子。你相信他的那种表示吗?

奥菲莉娅　父亲,我不知道我应该怎样想才好。

波洛涅斯　好,让我来教你;你应该这样想,你是一个小孩子,把这些假意的表示当作了真心的奉献。**你应该懂得自重才是**①**,否则——我也不想转弯抹角,多费唇舌了——否则你就要在我面前变成一个大傻瓜了。**

奥菲莉娅　父亲,他向我求爱的态度是很光明正大的。

波洛涅斯　哼,他的态度;**好了,好了**②。

奥菲莉娅　而且,父亲,他差不多用尽一切指天誓日的神圣的盟约,证实他的言语。

波洛涅斯　嗯,这些都是捕捉愚蠢的山鹬的圈套。我知道在热情燃烧的时候,一个人无论什么盟誓都会说出口来。这些火焰,女儿,是光多于热的,一下子就会光消焰灭,因为它们本来是虚幻的,你不能把它们当作真火看待。从现在起,你还是少露一些你的女儿家的脸,你应该**懂得自重**③,不要让人家以为你是可以随意呼召的。对于哈姆雷特殿下,你应该这样想,他是个年轻的王子,他比你在行动上有更大的自由。总而言之,奥菲莉娅,不要相信他的盟誓,因为它们都是诱人堕落的鸨媒,用庄严神圣的辞令,掩饰淫邪险恶的居心。我的言尽于此,简单一句话,从现在起,我不许你跟哈姆雷特殿下谈一句话。你留点儿神吧。进去。

奥菲莉娅　我一定听从您的话,父亲。(同下。)

第四场　露　台

〔哈姆雷特、霍拉旭及马西勒斯上。

哈姆雷特　风吹得人怪痛的,这天气真冷。

霍拉旭　是很凛冽的寒风。

---

① 朱译手稿:你应该把自己的价值抬高一些。
② 朱译手稿:很好,很好。
③ 朱译手稿:自高身价。

哈姆雷特　现在什么时候了？

霍拉旭　我想还不到十二点。

马西勒斯　不，已经打过了。

霍拉旭　真的？我没有听见；那么鬼魂出现的时候快要到了。（内喇叭奏花腔及鸣炮声）这是什么意思，殿下？

哈姆雷特　王上今晚大宴群臣，做通宵的醉舞；每次他喝下去一杯葡萄美酒，铜鼓和喇叭便吹打起来，欢祝万寿。

霍拉旭　这是向来的风俗吗？

哈姆雷特　嗯，是的。可是我虽然从小就熟习这种风俗，**却以为把它破除了去倒比遵守它更体面些**①。这一种酗酒纵乐的风俗，使我们在东西各国受到许多诽毁，他们称我们为酒徒醉汉，将下流的污名加在我们头上，使我们各项伟大的成就都因此而大为减色。在个人方面也常常是这样，有些人因为身体上长了丑陋的黑痣——这天生的缺陷，本不是他们自己的过失——或者天生就有一种令人侧目的怪癖，**动辄逾越理性的樊篱，或者因某种陋习就轻易放弃令人欣悦的行为规范**，我要说的是，这种人身上一旦打下了缺憾的标记，无论这标记是与生俱来还是命中注定，虽然他们此外还有许多纯洁优美的品性，可是为了这一个缺点，往往会受到世人的歧视。**一分瑕疵足以损害全部的美质，使人从此声名扫地。**

　　　〔鬼魂上。

霍拉旭　瞧，殿下，它来了！

哈姆雷特　天使保佑我们！不管你是一个善良的灵魂或是万恶的妖魔，不管你带来了天上的和风或是地狱中的罡风，不管你的来意好坏，因为你的形状是这样的和蔼可亲，我要对你说话；我要叫你哈姆雷特，君王，父亲！尊严的丹麦先王，啊，回答我！不要让

---

① 朱译手稿：却也不是常常举行的。

我在无知的蒙昧里抱恨终天；告诉我为什么你的长眠的骸骨不安宅冢，为什么安葬你的遗体的坟墓张开它的沉重的大理石的两颚，把你重新吐放出来。你这已死的尸体这样全身甲胄，出现在月光之下，使黑夜变得这样阴森，使我们这些为造化所玩弄的愚人充满了不可思议的恐怖，究竟是什么意思呢？说，这是为了什么？你要我们怎样？(鬼魂向哈姆雷特招手。)

霍拉旭　它招手叫您跟着它去，好像有什么话要对你一个人说似的。

马西勒斯　瞧，它用很有礼貌的举动，招呼您到一个僻远的所在去；可是别跟它去。

霍拉旭　千万不要跟它去。

哈姆雷特　它不肯说话；我还是跟它去。

霍拉旭　不要去，殿下。

哈姆雷特　嗨，怕什么呢？我把我的生命看得不值一枚针；至于我的灵魂，那是跟它自己同样永生不灭的；它能够加害它吗？它又在招手叫我前去了；我要跟它去。

霍拉旭　殿下，要是它把您诱到潮水里去，或者把您领到下临大海的峻峭的悬崖之巅，在那边它现出了狰狞的化形，使您丧失理智，变成疯狂，那可怎么好呢？您想，无论什么人一到了那样的地方，望着下面千仞的峭壁，听见海水奔腾的怒吼，即使没有别的原因，也会吓得心惊胆裂的。

哈姆雷特　它还在向我招手，去吧，我跟着你。

马西勒斯　你不能去，殿下。

哈姆雷特　放开你们的手！

霍拉旭　听我们的劝告，不要去。

哈姆雷特　我的命运在高声呼喊，使我全身每一根微细的血管都变得像怒狮的筋骨一样坚硬。(鬼魂招手)它仍旧在招我去。放开我，朋友们；(挣脱二人之手)凭着上天起誓，谁要是拉住我，我要叫他变成一个鬼！走开！去吧，我跟着你。(鬼魂及哈姆雷特同下。)

霍拉旭　幻想占据了他的头脑,使他不顾一切。

马西勒斯　让我们跟上去,我们不应该服从他的话。

霍拉旭　那么去吧,这种事情会引出些什么结果来呢?

马西勒斯　丹麦国里恐怕有些不可告人的坏事。

霍拉旭　上帝的意旨支配一切。

马西勒斯　不,我们还是跟上去。(同下。)

第五场　露台的另一部分

〔鬼魂及哈姆雷特上。

哈姆雷特　你要领我到什么地方去?说!我不愿再前进了。

鬼魂　听我说。

哈姆雷特　我在听着。

鬼魂　我的时间快到了,我必须再回到硫黄的烈火里去受煎熬的痛苦。

哈姆雷特　唉,可怜的亡魂!

鬼魂　不要可怜我,你只要留心听着我将要告诉你的话。

哈姆雷特　说吧;我在这儿听着。

鬼魂　你听了以后,必须替我报仇。

哈姆雷特　什么?

鬼魂　我是你父亲的灵魂,因为生前孽障未尽,被判在晚间游行地上,白昼忍受火焰的烧灼,必须经过相当的时期,等生前的过失被火焰净化以后,方才可以脱罪。可是我不能违犯禁令,泄露我的狱中的秘密。我可以告诉你一个故事,最轻微的一句话,都可以使你魂飞魄散,使你年轻的血液凝冻成冰,使你的双眼像脱了轨道的星球一样向前突出,你的纠结的卷发根根分开,像愤怒的豪猪身上的刺毛一样森然耸立;可是这一种永恒的神秘,是不能向血肉的凡耳宣示的。听着,听着,啊,听着!要是你曾经爱过你的亲爱的父亲——

哈姆雷特　上帝啊！

鬼魂　你必须替他报复那个逆伦惨恶的杀身的仇恨。

哈姆雷特　杀身的仇恨！

鬼魂　杀人是重大的罪恶；可是这一件谋杀的惨案，更是骇人听闻而逆天害理的罪行。

哈姆雷特　赶快告诉我知道，让我驾着像思想和爱情一样迅速的翅膀，飞去把仇人杀死。

鬼魂　我的话果然激动了你；要是你听见了这种事情而漠然无动于衷，那你除非比舒散在忘河之滨的蔓草还要冥顽不灵。现在，哈姆雷特，听我说，一般人都以为我在花园里睡觉的时候，一条蛇来把我咬死，这一个虚构的死状，把丹麦全国的人都骗过了。可是你要知道，好孩子，那毒害你父亲的蛇，头上戴着王冠呢。

哈姆雷特　啊，果然给我猜着了，我的叔父！

鬼魂　嗯，那个乱伦的、奸淫的畜生，他有的是过人的诡诈、天赋的奸恶，凭着他的阴险的手段，诱惑了我的外表上似乎非常贞淑的王后，满足他的无耻的兽欲。啊，哈姆雷特，那是一个多么相去悬殊的差异！我的爱情是那样纯洁真诚，始终信守着我在结婚的时候对她所做的盟誓；她却会对一个天赋的才德远不如我的恶人降心相从！可是正像一个贞洁的女子，虽然淫欲罩上神圣的外表，也不能把她煽动一样，一个淫妇虽然和光明的天使为偶，也会有一天厌倦于天上的唱随之乐，而宁愿搂抱人间的朽骨。可是且慢！我仿佛嗅到了清晨的天空，让我把话说得简短一些。当我按照每天午后的惯例，在花园里睡觉的时候，你的叔父乘我不备，悄悄溜了进来，拿着一个盛着毒草汁的小瓶，把一种使人麻痹的药水注入我耳腔之内，那药性发作起来，会像水银一样很快地流过了全身的大小血管，像酸液滴进牛乳一般把淡薄而健全的血液凝结起来；它一进入我的身体里，我全身光滑的皮肤上便立刻发生无数疱疹，像害着癞病似的满布着可憎的鳞片。这样,我在睡梦之中,被一个兄弟同时夺去了我的生命、我的王冠和我的王后;甚至于不给我一个忏罪的机会,使我在没有领到圣餐也没有受过临终涂膏礼以前,就一无准备地负着我的全部罪恶去对簿阴曹。可怕啊,可怕!要是你有天性之情,不要默尔而息,不要让丹麦的御寝变成了藏奸养逆的卧榻;可是无论你怎样进行复仇,你的行事必须光明磊落,更不可对你的母亲有什么不利的图谋;让她去受上天的裁判和她自己内心中的荆棘的刺戳吧。现在我必须去了!萤火的微光已经开始暗淡下去,清晨快要到来了;再会,再会!哈姆雷特,记着我。(下。)

哈姆雷特　天上的神明啊!地啊!再有什么呢!我还要向地狱呼喊吗?啊,呸!忍着吧,忍着吧,我的心!我的全身的筋骨,不要一下子就变成衰老,支持着我的身体呀!记着你!是的,你可怜的亡魂,当记忆不曾从我这混乱的头脑里消失的时候,我会记着你的。记着你!是的,我要从我的记忆的碑板上,拭去一切琐碎愚蠢的记录,一切书本上的格言,一切陈言套语,一切过去的印象、我的少年的阅历所留下的痕迹,只让你的命令留在我的脑筋的书卷里,不掺杂一些下贱的废料;是的,上天为我做证!啊,最恶毒的妇人!啊,奸贼,奸贼,脸上堆着笑的万恶的奸贼!我的写字板呢?我必须把它记下来;一个人尽管满面都是笑,骨子里却是杀人的奸贼,至少我相信在丹麦是这样的。(写字)好,叔父,我把你写下来了,现在我要记下我的话,那是"再会,再会!记着我"。我已经发过誓了。

霍拉旭　(在内)殿下!殿下!

马西勒斯　(在内)哈姆雷特殿下!

霍拉旭　(在内)上天保佑他!

马西勒斯　(在内)但愿如此!

霍拉旭　(在内)喂,呵,呵,殿下!

哈姆雷特　喂,呵,呵,孩儿!来,鸟儿,来。

［霍拉旭及马西勒斯上。

马西勒斯　怎样,殿下?

霍拉旭　有什么事,殿下?

哈姆雷特　啊! 奇怪!

霍拉旭　好殿下,告诉我们。

哈姆雷特　不,你们会泄露出去的。

霍拉旭　不,殿下,凭着上天起誓,我一定不泄露。

马西勒斯　我也一定不泄露,殿下。

哈姆雷特　那么你们说,哪一个人会想到有这种事? 可是你们能够保守秘密吗?

霍拉旭、马西勒斯　是,上天为我们做证,殿下。

哈姆雷特　全丹麦从来不曾有哪一个奸贼——不是一个十足的坏人。

霍拉旭　殿下,这样一句话是用不着什么鬼魂从坟墓里出来告诉我们的。

哈姆雷特　啊,对了,你说得有理;所以,我们还是不必多说废话,大家握握手分开了吧。你们可以去照你们自己的意思干你们自己的事——因为各人都有各人的意思和各人的事——至于我自己,那么我对你们说,我是要去祈祷去的。

霍拉旭　殿下,你这些话好像有些疯疯癫癫似的。

哈姆雷特　我的话冒犯了你,真是非常抱歉;是的,我从心底里抱歉。

霍拉旭　哪儿的话,殿下。

哈姆雷特　不,凭着圣伯特力克①的名义,霍拉旭,我真是大大冒犯了你。讲到这一个幽灵,那么让我告诉你们,它是一个真实的亡魂;你们要是想知道它对我说了些什么话,我只好请你们暂时不必动问。现在,好朋友们,你们都是我的朋友,都是学者和军人,

---

①　圣伯特力克(St. Patrick):爱尔兰的保护神,据说曾从爱尔兰把蛇驱走。

请你们允许我一个卑微的要求。

霍拉旭　是什么要求，殿下？我们一定允许您。

哈姆雷特　永远不要把你们今晚所见的事情告诉别人。

霍拉旭、马西勒斯　我们一定不告诉别人。

哈姆雷特　不，你们必须宣誓。

霍拉旭　凭着良心起誓，殿下，我决不告诉别人。

马西勒斯　凭着良心起誓，殿下，我也决不告诉别人。

哈姆雷特　把手按在我的剑上宣誓。

马西勒斯　殿下，我们已经宣誓过了。

哈姆雷特　那不算，把手按在我的剑上。

鬼魂　（在下）宣誓！

哈姆雷特　啊哈！孩儿，你也这样说吗？你在那儿吗，好家伙？来，你们不听见这个地下的人怎么说吗？宣誓吧。

霍拉旭　请您教我们怎样宣誓，殿下。

哈姆雷特　永不向人提起你们所看见的这一切。把手按在我的剑上宣誓。

鬼魂　（在下）宣誓！

哈姆雷特　又在那边了吗？那么我们换一个地方。过来，朋友们。把你们的手按在我的剑上，宣誓永不向人提起你们所见的这件事。

鬼魂　（在下）宣誓！

哈姆雷特　说得好，老鼹鼠！你能够在地底钻得这么快吗？好一个开路的先锋！好朋友们，我们再来换一个地方。

霍拉旭　哎哟，真是不可思议的怪事！

哈姆雷特　那么你还是用见怪不怪的态度对待它吧。霍拉旭，天地之间有许多事情，是你们的哲学里所没有梦想到的呢。可是，来，上帝的慈悲保佑你们，你们必须再做一次宣誓。我今后也许有时候要故意装出一副疯疯癫癫的样子，你们要是在那时候看见了我的古怪的举动,切不可像这样交叉着手臂,或者这样摇头摆脑的,或者嘴里说些吞吞吐吐的言辞,例如"呃,呃,我们知道",或是"只要我们高兴,我们就可以",或者"要是我们愿意说出来的话",或是"有人要是怎么怎么",诸如此类的含糊其辞的话语,表示你们知道我有些什么秘密;你们必须答应我避免这一类言行,上帝的恩惠和慈悲保佑着你们,宣誓吧。

鬼魂　(在下)宣誓!(二人宣誓。)

哈姆雷特　安息吧,安息吧,受难的灵魂! 好,朋友们,我用全心的真情,信赖着你们两位;要是在哈姆雷特的微弱的能力以内,能够有可以向你们表示他的友情之处,上帝在上,我一定不会有负你们。让我们一同进去;请你们记着无论在什么时候都要守口如瓶。这是一个颠倒混乱的时代,唉,倒霉的我却要负起重整乾坤的责任! 来,我们一块儿去吧。(同下。)

第 二 幕

第一场　波洛涅斯家中一室

[波洛涅斯及雷那尔多上。

波洛涅斯　把这些钱和这封信交给他,雷那尔多。

雷那尔多　是,老爷。

波洛涅斯　好雷那尔多,你在没有去看他以前,最好先探听探听他的行为。

雷那尔多　老爷,我本来就有这个意思。

波洛涅斯　很好,很好,好得很。你先给我调查调查有些什么丹麦人在巴黎,他们是干什么事情去的,叫什么名字,有没有钱,住在什么地方,跟哪些人做伴,用度大不大;用这种转弯抹角的方法,要是你打听到他们也认识我的儿子,你就可以更进一步,表示你对他也有相当的认识,你可以这样说:"我知道他的父亲和他的朋友,对他也略为有点认识。"你听见没有,雷那尔多?

雷那尔多　是,我在留心听着,老爷。

波洛涅斯　"对他也略为有点认识,可是",你可以说,"不怎么熟悉;不过假如果然是他的话,那么他是个很放浪的人,有些怎样怎样的坏习惯"。说到这里,你就可以随便捏造一些关于他的坏话;当然罗,你不能把他说得太不成样子,那是会损害他的名誉的,这一点你必须注意;可是你不妨举出一些纨绔子弟们所犯的最普通的浪荡的行为。

雷那尔多　譬如赌钱,老爷。

波洛涅斯　对了,或是喝酒、斗剑、赌咒、嫖妓之类,你都可以说。

雷那尔多　老爷,那是会损害他的名誉的。

波洛涅斯　不,不,你可以在言语之间说得轻淡一些。你不能说他公然纵欲,那可不是我的意思;可是你要把他的过失讲得那么巧妙,让人家听着好像那不过是行为上的小小的不检,一个血气方刚的少年的一时胡闹,算不了什么事的。

雷那尔多　可是老爷——

波洛涅斯　为什么叫你做这种事?

雷那尔多　是的,老爷,请您告诉我。

波洛涅斯　呃,我的用意是这样的,我相信我可以有这种权利;你这样轻描淡写地说了我儿子的一些坏话,就像你提起一件略有污损的东西似的,听着,要是跟你谈话的那个人,也就是你向他探询的那个人,果然看见过你所说起的那个少年犯着你刚才所列举的那些罪恶,他一定会用这样的话对你表示同意:"好先生——"也许他称你"朋友""仁兄",按照着各人的身份和各国的习惯。

雷那尔多　很好,老爷。

波洛涅斯　然后他就——他就——我刚才要说一句什么话?哎哟,
　我正要说一句什么话;我说到什么地方啦?

雷那尔多　你刚才说到"用这样的话表示同意"。

波洛涅斯　说到"用这样的话表示同意",嗯,对了,他会用这样的话
　对你表示同意:"我认识这位绅士,昨天我还看见他,或许是前
　天,或许是什么什么时候,跟什么什么人在一起,正像您所说的,
　他在什么地方赌钱,在什么地方喝得醺醺大醉,在什么地方因为
　打网球而跟人家打起架来。"也许他还会说:"我看见他走进什么
　什么一家生意人家去。"那就是说窑子或是诸如此类的所在。你
　瞧,你用说谎的钓饵,就可以把事实的真相诱上你的钓钩;我们
　有智慧有见识的人,往往用这种旁敲侧击的方法,间接达到我们
　的目的;你也可以照着我上面所说的那一番话,探听出我的儿子
　的行为。你懂得我的意思没有?

雷那尔多　老爷,我懂得。

波洛涅斯　上帝和你同在;再会!

雷那尔多　那么我去了,老爷。

波洛涅斯　你自己也得留心观察他的举止。

雷那尔多　是,老爷。

波洛涅斯　叫他用心学习音乐。

雷那尔多　是,老爷。

波洛涅斯　你去吧。(雷那尔多下。)

　　〔奥菲莉娅上。

波洛涅斯　啊,奥菲莉娅!什么事?

奥菲莉娅　哎哟,父亲,吓死我了!

波洛涅斯　凭着上帝的名义,吓什么?

奥菲莉娅　父亲,我正在房间里缝纫的时候,哈姆雷特殿下跑了进
　来,走到我的面前,他的上身的衣服完全没有扣上纽子,头上也

不戴帽子，他的袜子上沾着污泥，没有袜带，一直垂到脚踝上；他的脸色像他的衬衫一样白，他的膝盖互相碰撞，他的神气是那样凄惨，好像他刚从地狱里逃出来，要向人讲述它的恐怖一样。

波洛涅斯　他因为不能得到你的爱而发疯了吗？

奥菲莉娅　父亲，我不知道，可是我想也许是的。

波洛涅斯　他怎么说？

奥菲莉娅　他握住我的手腕紧紧不放，拉直了手臂向后退立，用他的另一只手这样遮在他的额角上，一眼不眨地瞧着我的脸，好像要把它临摹下来似的。这样经过了好久的时间，然后他轻轻地摇动一下我的手臂，他的头上上下下地颠了三颠，于是他发出一声非常惨痛而深长的叹息，好像他的整个的胸部都要爆裂，他的生命就在这一声叹息中间完毕似的。然后他放松了我，转过他的身体，他的头还是向后回顾，好像他不用眼睛的帮助也能够找到他的路，因为直到他走出了门外，他的两眼还是注视在我的身上。

波洛涅斯　跟我来，我要见王上去。这正是恋爱不遂的疯狂；一个人受到这种剧烈的刺激，什么不顾一切的事情都会干得出来，**人世间折磨着我们的天性的狂热都是这般情状**。我真后悔。怎么，你最近对他说过什么使他难堪的话没有？

奥菲莉娅　没有，父亲，可是我已经遵从你的命令，拒绝他的来信，并且不允许他来见我。

波洛涅斯　这就是使他疯狂的原因。我很后悔看错了人。我以为他不过把你玩弄玩弄，恐怕贻误你的终身，可是我不该这样多疑！正像年轻人干起事来，往往不知道瞻前顾后一样，我们这种上了年纪的人，总是免不了鳃鳃过虑。来，我们见王上去，这种事情是不能蒙蔽起来的，要是隐讳不报，也许会闹出乱子来。（同下。）

第二场　城堡中一室

〔国王、王后、罗森克兰兹、吉尔登斯特恩及侍从等上。

国王　欢迎,亲爱的罗森克兰兹和吉尔登斯特恩! 这次匆匆召请你
　　　们两位前来,一方面是因为我非常思念你们,一方面也是因为我
　　　有需要你们帮忙的地方。你们大概已经听到哈姆雷特的变化;
　　　我把它称为变化,因为无论在外表上或是精神上,他已经和从前
　　　大不相同。除了他父亲的死以外,究竟还有些什么原因,把他激
　　　成这种疯疯癫癫的样子,我实在无从猜测。你们从小便跟他在
　　　一起长大,素来知道他的脾气,所以我特地请你们到我们宫廷里
　　　来盘桓几天,陪伴陪伴他,替他解解愁闷,同时乘机窥探他究竟
　　　有些什么秘密的心事,为我们所不知道的,也许一旦公开之后,
　　　我们就可以替他下对症的药饵。
王后　他常常讲起你们两位,我相信世上没有哪两个人比你们更为
　　　他所亲信了。你们要是不嫌怠慢,答应在我们这儿小做勾留,帮
　　　助我们实现我们的希望,那么你们的盛情雅意,一定会受到丹麦
　　　王室的礼谢的。
罗森克兰兹　我们是两位陛下的臣子,两位陛下有什么旨意,尽管命
　　　令我们;像这样言重的话,倒使我们置身无地了。
吉尔登斯特恩　我们愿意投身在两位陛下的足下,两位陛下无论有
　　　什么命令,我们都愿意尽力奉行。
国王　谢谢你们,罗森克兰兹和善良的吉尔登斯特恩。
王后　谢谢你们,吉尔登斯特恩和善良的罗森克兰兹。现在我就要
　　　请你们立刻去看看我的大大变了样子的儿子。来人,领这两位
　　　绅士到哈姆雷特的地方去。
吉尔登斯特恩　但愿上天保佑,使我们能够得到他的欢心,帮助他恢
　　　复常态!
王后　阿门!(罗森克兰兹、吉尔登斯特恩及若干侍从下。)
　　　　〔波洛涅斯上。
波洛涅斯　禀陛下,我们派往挪威去的两位钦使已经喜气洋洋地回
　　　来了。

国王　你总是带着好消息来报告我们。

波洛涅斯　真的吗,陛下?不瞒陛下说,我把我对于我的上帝和我的宽仁厚德的王上的责任,看得跟我的灵魂一样重呢。要是我的脑筋还没有出毛病,想到了岔路上去,那么我想我已经发现了哈姆雷特发疯的原因。

国王　啊!你说吧,我急着要听呢。

波洛涅斯　请陛下接见了钦使,我的消息留着做盛筵以后的佳果美点吧。

国王　那么有劳你去迎接他们进来。(波洛涅斯下)我的亲爱的王后,他对我说他已经发现了你的儿子心神不定的原因。

王后　我想主要的原因还是他父亲的死和我们过于迅速的结婚。

国王　好,我们可以把他试探试探。

　　　〔波洛涅斯率伏提曼特及考尼律斯重上。

国王　欢迎,我的好朋友们!伏提曼特,我们的挪威王兄怎么说?

伏提曼特　他叫我们向陛下转达他的友好的问候。他听到了我们的要求,就立刻传谕他的侄儿停止征兵;本来他以为这种举动是准备对付波兰人的,可是一经调查,才知道它的对象原来是陛下;他知道此事以后,痛心自己因年老多病,受人欺罔,震怒之下,传令把福丁勃拉斯逮捕;福丁勃拉斯并未反抗,受到了挪威王一番申斥,最后就在他的叔父面前立誓决不兴兵侵犯陛下。老王看见他诚心悔过,非常欢喜,当下就给他三千克朗的年俸,并且委任他统率他所征募的那些兵士,去向波兰人征伐;同时他叫我把这封信呈上陛下,(以书信呈上)请求陛下允许他的军队借道通过陛下的领土,他已经在信里提出若干条件,作为保证。

国王　这样很好,等我们有空的时候,还要仔细考虑一下,然后答复。你们远道跋涉,不辱使命,很是劳苦了,先去休息休息,今天晚上我们还要在一起欢宴。欢迎你们回来。(伏提曼特、考尼律斯同下。)

波洛涅斯　这件事情总算圆满结束了。王上，娘娘，要是我向你们长篇大论地解释君上的尊严，臣下的名分，白昼何以为白昼，黑夜何以为黑夜，时间何以为时间，那不过徒然浪费了昼夜和时间；所以，既然简洁是智慧的灵魂，冗长是肤浅的藻饰，我还是把话说得简单一些吧。你们的那位殿下是疯了；我说他疯了，因为假如要说明什么才是真疯，那么除了说他疯了以外，还有什么话好说呢？可是那也不用说了。

王后　多谈些实际，少弄些玄虚。

波洛涅斯　娘娘，我发誓我一点不弄玄虚。他疯了，这是真的。唯其是真的，所以才可叹，它的可叹也是真的——蠢话少说，因为我不愿弄玄虚。好，让我们同意他已经疯了；现在我们就应该求出这一个结果的原因，或者不如说，这一种病态的原因，因为这个病态的结果不是无因而至的，这就是我们现在要做的一步工作。我们来想一想吧。我有一个女儿——当她还不过是我的女儿的时候，她是属于我的——难得她一片孝心，把这封信给了我；现在请猜一猜里面说些什么话。"给那天仙化人的、我的灵魂的偶像、最艳丽的奥菲莉娅——"这是一个恶劣的句子，"**艳丽**两字**就是恶劣的**；可是你们听下去吧；"让这几行诗句留下在她的皎洁的胸中——"

王后　这是哈姆雷特写给她的吗？

波洛涅斯　"好娘娘，等一等，听我念下去：

　　　　你可以疑心星星是火把，

　　　　　　你可以疑心太阳会移转；

　　　　你可以疑心真理是谎话；

　　　　　　可是我的爱永没有改变。

亲爱的奥菲莉娅啊！我的诗写得太坏。我不会用诗句来抒写我的愁怀；可是相信我，最好的人儿啊！我最爱的是你。再会！永远是你的哈姆雷特。"这一封信是我的女儿出于孝顺之心拿来给我看的;此外,她又把他一次次求爱的情形、在什么时候、用什么方法、在什么所在,全都讲给我听了。

国王　可是她对于他的爱情抱着怎样的态度呢?

波洛涅斯　陛下以为我是怎样的一个人?

国王　一个忠心正直的人。

波洛涅斯　但愿我能够证明自己是这样一个人。可是假如我看见这场热烈的恋爱正在进行——不瞒陛下说,我在我的女儿没有告诉我以前,就早已看出来了——假如我知道有了这么一回事,却在暗中玉成他们的好事,或者故意视若无睹,假作痴聋,一切不闻不问,那时候陛下的心里觉得怎样?我的好娘娘,您这位王后陛下的心里又觉得怎样?不,我一点儿也不敢懈怠我的责任,立刻就对我那位小姐说:"哈姆雷特殿下是一位王子,不是你可以仰望的;这种事情不能让它继续下去。"于是我把她教训了一番,叫她深居简出,不要和他见面,不要接纳他的来使,也不要收受他的礼物;她听了这番话,就照着我的意思实行起来。说来话短,他遭到拒绝以后,心里就郁郁不快,于是饭也吃不下了,觉也睡不着了,他的身体一天憔悴一天,他的精神一天恍惚一天,这样一步步发展下去,就变成现在他这一种为我们大家所悲痛的疯狂。

国王　你想是这个原因吗?

王后　这是很可能的。

波洛涅斯　我倒很想知道知道,哪一次我肯定地说过了"这件事情是这样的",而结果却并不这样?

国王　照我所知道的,那是倒没有。

波洛涅斯　要是我说错了话,把这个东西从这个上面拿了下来吧。(指自己的头及肩)只要有线索可寻,我总会找出事实的真相,即使那真相一直藏在地球的中心。

国王　我们怎么可以进一步试验试验?

波洛涅斯　你知道,有时候他会接连几个钟头在这儿走廊里踱来踱去。

王后　他真的常常这样踱来踱去。

波洛涅斯　乘他踱来踱去的时候,我就让我的女儿去见他,你我可以躲在帏幕后面注视他们相会的情形;要是他不爱她,他的理智不是因为恋爱而丧失,那么不要叫我襄理国家的政务,让我去做个耕田的农夫吧。

国王　我们要试一试。

王后　可是瞧,这可怜的孩子忧忧愁愁地念着一本书来了。

波洛涅斯　请两位陛下避一避,让我走上去招呼他。(国王、王后及侍从等下。)

　　　　　〔哈姆雷特读书上。

波洛涅斯　啊,恕我冒昧,您好,哈姆雷特殿下?

哈姆雷特　呃,上帝怜悯世人。

波洛涅斯　你认识我吗?殿下?

哈姆雷特　认识认识,你是一个卖鱼的贩子。

波洛涅斯　我不是,殿下。

哈姆雷特　那么我但愿你是一个老实人。

波洛涅斯　老实,殿下!

哈姆雷特　嗯,先生;在这世上,一万个人中间只不过有一个老实人。

波洛涅斯　这句话说得很对,殿下。

哈姆雷特　要是太阳在一具和天神亲吻的死狗尸体上孵育蛆虫——你有一个女儿吗?

波洛涅斯　我有,殿下。

哈姆雷特　不要让她在太阳光底下行走;怀孕是一种幸福,可是你的女儿要是怀了孕,那可糟了。朋友,留心哪。

波洛涅斯　(旁白)你们瞧,他念念不忘地提着我的女儿;可是最初他不认识我,他说我是一个卖鱼的贩子。他的疯病已经很深了,很深了。说句老实话,我在年轻的时候,为了恋爱也曾大发其疯,那样子也跟他差不多哩。让我再去对他说话。——您在读些什么,殿下?

哈姆雷特　都是些空话,空话,空话。

波洛涅斯　有些什么内容,殿下?

哈姆雷特　一派诽谤,先生;这个专爱把人讥笑的坏蛋在这儿说着,老年人长着灰白的胡须,他们的脸上满是皱纹,他们的眼睛里沾满了眼屎,他们的头脑是空空洞洞的,他们的两腿是摇摇摆摆的;这些话,先生,虽然我十分相信,可是照这样写在书上,总有些有伤厚道;因为就是拿您先生自己来说,要是您能够像一只蟹一样向后倒退,那么你也应该跟我差不多老了。

波洛涅斯　（旁白)这些虽然是疯话,却有深意在内。——您要走进里边避风吗,殿下?

哈姆雷特　走进我的坟墓里去?

波洛涅斯　**那倒真是避风的所在**。(旁白)他的回答有时候是多么深刻!疯狂的人往往能够说出理智清明的人所说不出来的话。我要离开他,立刻就去设法让他跟我的女儿见面。——殿下,我要向您告别了。

哈姆雷特　先生,那是再好没有的事。但愿我也能够向我的生命告别;但愿我也能够向我的生命告别,但愿我也能够向我的生命告别。

波洛涅斯　再会,殿下。(欲去。)

哈姆雷特　这些讨厌的老傻瓜!

　　　　　［罗森克兰兹及吉尔登斯特恩重上。

波洛涅斯　你们要去找哈姆雷特殿下,那儿就是。

罗森克兰兹　上帝保佑您,大人!(波洛涅斯下。)

吉尔登斯特恩　我的尊贵的殿下!

罗森克兰兹　我的最亲爱的殿下!

哈姆雷特　我的好朋友们！你好,吉尔登斯特恩？啊,罗森克兰兹！好孩子们,你们两人都好？

罗森克兰兹　不过像一般庸庸碌碌之辈,在这世上虚度时光而已。

吉尔登斯特恩　无荣无辱便是我们的幸福,我们不是命运女神帽上的纽扣。

哈姆雷特　也不是她鞋子的底吗？

罗森克兰兹　也不是,殿下。

哈姆雷特　那么你们是在她的腰上,或是在她的怀抱之中吗？

吉尔登斯特恩　说老实话,我们是在她的私处。

哈姆雷特　在命运身上秘密的那部分吗？啊,对了,她本来是一个娼妓。你们听到什么消息没有？

罗森克兰兹　没有,殿下,我们只知道这世界变得老实起来了。

哈姆雷特　那么世界末日快到了,可是你们的消息是假的。让我再问你们一些私人的问题,我的好朋友们,你们在命运手里犯了什么案子,她把你们送到这儿牢狱里来了？

吉尔登斯特恩　牢狱,殿下！

哈姆雷特　丹麦是一所牢狱。

罗森克兰兹　那么世界也是一所牢狱。

哈姆雷特　一所很大的牢狱,里面有许多监房囚室;丹麦是一间最坏的囚室。

罗森克兰兹　我们倒不这样想,殿下。

哈姆雷特　啊,那么对于你们它并不是牢狱,因为世上的事情本来没有善恶,都是各人的思想把它们分别出来的;对于我它是一所牢狱。

罗森克兰兹　啊,那么因为您的梦想太大,丹麦是个狭小的地方,不够给您发展,所以您把它看成一所牢狱啦。

哈姆雷特　上帝啊！倘不是因为我有了噩梦,那么即使把我关在一个果壳里,我也会把自己当作一个拥有无限空间的君王的。

吉尔登斯特恩　　那种噩梦便是您的野心,因为野心者本身的存在,也不过是一个梦的影子。

哈姆雷特　　一个梦的本身便是一个影子。

罗森克兰兹　　不错,因为野心是那么空虚轻浮的东西,所以我认为它不过是影子的影子。

哈姆雷特　　那么我们的乞丐是实体,我们的帝王和大言不惭的英雄,却是乞丐的影子了。我们进宫好不好?因为我实在不能陪着你们谈玄说理。

罗森克兰兹、吉尔登斯特恩　　我们愿意侍候殿下。

哈姆雷特　　没有的事,我不愿把你们当作我的仆人一样看待;老实对你们说吧,在我旁边侍候我的人太多啦。可是,凭着我们多年的交情,老实告诉我,你们到埃尔西诺来有什么贵干?

罗森克兰兹　　我们是来拜访您来的,殿下;没有别的原因。

哈姆雷特　　像我这样一个叫化子,我的感谢也是不值钱的,可是我谢谢你们;我想,亲爱的朋友们,你们专程而来,只换到我的一声不值半分钱的感谢,未免太不值得了。不是有人叫你们来的吗?果然是你们自己的意思吗?真的是自动的访问吗?来,不要骗我。来,来,快说。

吉尔登斯特恩　　叫我们说些什么话呢,殿下?

哈姆雷特　　无论什么话都行,只要不是废话。你们是奉命而来的;瞧你们掩饰不了你们良心上的惭愧,已经从你们的脸色上招认出来了。我知道是我们这位好国王和好王后叫你们来的。

罗森克兰兹　　为了什么目的呢,殿下?

哈姆雷特　　那可要请你们指教我了。可是凭着我们朋友的道义,凭着我们少年时候亲密的情谊,凭着我们始终不渝的友好的精神,凭着其他一切更有力量的理由,让我要求你们开诚布公,告诉我究竟你们是不是奉命而来的?

罗森克兰兹　　(向吉尔登斯特恩旁白)你怎么说?

哈姆雷特 　（旁白）好，那么我看透你们的行动了。——要是你们爱
　　我，别再抵赖了吧。

吉尔登斯特恩 　殿下，我们是奉命而来的。

哈姆雷特 　让我代你们说明来意，免得你们泄露了自己的秘密，有负
　　国王和王后的付托。我近来不知为了什么缘故，一点兴致都提
　　不起来，什么游乐的事都懒得过问；在这一种抑郁的心境之下，
　　仿佛负载万物的大地，这一座美好的框架，只是一个不毛的荒
　　岬；覆盖众生的苍穹，这一顶壮丽的帐幕，这一个点缀着金黄色
　　的火球的庄严的屋宇，只是一大堆污浊的瘴气的集合。人类是
　　一件多么了不得的杰作！多么高贵的理性！多么广大的能力！
　　多么优美的仪表！多么文雅的举动！在行为上多么像一个天
　　使！在智慧上多么像一个天神！宇宙的精华！万物的灵长！可
　　是在我看来，这一个泥土塑成的生命算得了什么？人类不能使
　　我发生兴趣；不，女人也不能使我发生兴趣，虽然从你的微笑之
　　中，我可以看到你的意思。

罗森克兰兹 　殿下，我心里并没有这样的思想。

哈姆雷特 　那么当我说"人类不能使我发生兴趣"的时候，你为什么
　　笑起来？

罗森克兰兹 　我想，殿下，要是人类不能使您发生兴趣，那么那班戏
　　子们恐怕要来自讨一场没趣了；我们在路上追上他们，他们是要
　　到这儿来向您献技的。

哈姆雷特 　扮演国王的那个人将要得到我的欢迎，我要在他的御座
　　之前致献我的敬礼；冒险的骑士可以挥舞他的剑盾；情人的叹息
　　不会没有酬报；躁急易怒的角色可以平安下场；小丑将要使那班
　　善笑的观众捧腹；我们的女主角必须坦白诉说她的心事，否则那
　　无韵诗的句子将要脱去板眼。他们是一班什么戏子？

罗森克兰兹 　就是您向来所欢喜的那一个班子，在城里专演悲剧的。

哈姆雷特 　他们怎么走起江湖来了？固定在一个地方演戏，在名誉

和进益上都要好得多哩。

罗森克兰兹　我想他们不能在一个地方立足,是为了时势的变化。

哈姆雷特　他们的名誉还是跟我在城里那时候一样吗? 他们的观众
还是那么多吗?

罗森克兰兹　不,他们现在已经大非昔比了。

哈姆雷特　怎么会这样的? 他们的演技退落了吗?

罗森克兰兹　不,他们还是跟从前一样努力;可是,殿下,他们的地位
已经被一群羽毛未丰的黄口小儿占夺了去。这些娃娃们的嘶叫
博得了疯狂的喝彩,他们是目前流行的宠儿,他们的声势压倒了
所谓普通的戏班,以至于许多腰佩长剑的悲剧伶人,都因为惧怕
批评家鹅毛管的威力,而不敢到那边去了。

哈姆雷特　什么! 是一些童伶吗? 谁维持他们的生活? 他们的薪工
是怎么计算的? 他们一到不能唱歌的年龄,就不再继续他们的
本行了吗? 要是他们赚不了多少钱,长大起来多分还是要做普
通戏子的,那时候他们不是要抱怨他们的批评家们从前不该把
他们捧得那么高,结果反而妨碍了他们自己的前途吗?

罗森克兰兹　真的,两方面闹过不少的纠纷,全国的人都站在旁边恬
不为意地呐喊助威,怂恿他们互相争斗。曾经有一个时期,一个
脚本非到编剧家和演员争吵得动起武来,是没有人愿意出钱购
买的。

哈姆雷特　有这等事?

吉尔登斯特恩　啊! 多少人的头都打破了。

哈姆雷特　是童伶们打赢了吧?

**罗森克兰兹　正是,他们赢了,殿下,连赫拉克勒斯和他肩负的地球
都被他们打败了。**①

------

①　此处暗指莎士比亚所在的环球剧院,赫拉克勒斯肩负地球的形象是该
剧院的招牌。

哈姆雷特　那也没有什么稀奇；我的叔父是丹麦的国王，当我父亲在世的时候，对他扮鬼脸的那些人，现在都愿意拿出二十、四十、五十、一百块金洋来买他的一幅小照。哼，这里面有些不是常理可解的地方，要是哲学能够把它推究出来的话。（内喇叭奏花腔。）

吉尔登斯特恩　这班戏子们来了。

哈姆雷特　两位先生，欢迎你们到埃尔西诺来。把你们的手给我，按照通行的礼节，我应该向你们表示欢迎。让我不要对你们失礼，因为这些戏子们来了以后，我不能不敷衍他们一番，也许你们见了会发生误会，以为我招待你们还不及招待他们殷勤。我欢迎你们；可是我的叔父父亲和婶母母亲可弄错啦。

吉尔登斯特恩　弄错了什么，我的好殿下？

哈姆雷特　天上刮着西北风，我才发疯的；风从南方吹来的时候，我不会把一只鹰当作了一只鹭鸶。

　　　　〔波洛涅斯重上。

波洛涅斯　祝福你们，两位先生！

哈姆雷特　听着，吉尔登斯特恩；你也听着；两人站在我的两边，听我说：你们看见的那个大孩子，还在襁褓之中，没有学会走路哩。

罗森克兰兹　也许他是第二次裹在襁褓里，因为人家说，一个老年人是第二次做婴孩。

哈姆雷特　我可以预言，他是来报告我戏子们来到的消息的；听好。——你说得不错，在星期一早上，正是正是。①

波洛涅斯　殿下，我有消息要来向您报告。

哈姆雷特　大人，我也有消息要向您报告。当罗歇斯②在罗马演戏的时候——

波洛涅斯　那班戏子们已经到这儿来了，殿下。

---

①　这句胡诌的话是故意说给波洛涅斯听的，以表示他正在与人说话。

②　罗歇斯（Roscius）：古罗马著名伶人。

哈姆雷特　嗤,嗤!

波洛涅斯　凭着我的名誉起誓——

哈姆雷特　那时每一个伶人都骑着驴子而来——

波洛涅斯　他们是全世界最好的伶人,无论悲剧、喜剧、历史剧、田园剧、田园喜剧、田园史剧、历史悲剧、历史田园悲喜剧、不分场的古典剧,或是近代的自由诗剧,他们无不擅长。塞内加的悲剧不嫌其太沉重,普鲁图斯的喜剧不嫌其太轻浮。① 无论在规律的或是即兴的演出方面,他们都是唯一的演员。

哈姆雷特　以色列的士师耶弗他②啊,你有一件怎样的宝贝!

波洛涅斯　他有什么宝贝,殿下?

哈姆雷特　嗨——

　　　　　他有一个独生娇女,

　　　　　爱她胜过掌上明珠。

波洛涅斯　(旁白)还是在提我的女儿。

哈姆雷特　我念得对不对,耶弗他老头儿?

波洛涅斯　要是您叫我耶弗他,殿下,那么我有一个爱如掌珠的娇女。

哈姆雷特　不,下面不是这样的。

波洛涅斯　那么应当是怎样的呢,殿下?

哈姆雷特　**是这样的——**

　　　　　命中注定,上帝有眼,

　　　　　下文你一定清楚——

　　　　　造化弄人,变生肘腋;

你去查那原歌的第一节吧。瞧,有人来打断我的谈话了。

————————

①　塞内加(Seneca)、普鲁图斯(Plautus):均为罗马戏剧家,前者善写悲剧,后者善写喜剧。

②　耶弗他(Jephthah):得上帝之助击败敌人,乃以其女献祭。事见《旧约·士师记》。

　　[优伶四五人上。

哈姆雷特　欢迎,各位朋友,欢迎欢迎! 我很高兴看见你们都是这样
　　健好。啊,我的老朋友! 你的脸上比我上次看见你的时候,多长
　　了几根胡子,格外显得威武啦;你是要到丹麦来向我挑战吗?
　　啊,我的年轻的姑娘! 凭着圣母起誓,你穿上了一双高底木靴,
　　比我上次看见您的时候更苗条得多啦;求求上帝,但愿您的喉咙
　　不要沙哑得像一面破碎的铜锣才好! 各位朋友,欢迎欢迎! 我
　　们要像法国的猎鹰一样,看见什么就飞扑上去;让我们立刻就来
　　念一段剧词。来,试一试你们的本领,来一段激昂慷慨的剧词。

伶甲　殿下要听的是哪一段?

哈姆雷特　我曾经听见你向我背诵过一段台词,可是它从来没有上
　　演过;即使上演,也不会有一次以上,因为我记得这本戏并不受
　　大众的欢迎。它是不合一般人口味的鱼子酱;可是照我的意思
　　看来,还有其他在这方面比我更有权威的人也抱着同样的见解,
　　它是一本绝妙的戏剧,场面支配得很是适当,文字质朴而富于技
　　巧。我记得有人这样批评它,说是没有耐人寻味的名言隽句,可
　　是一点不见矫揉造作的痕迹;他把它称为一种老老实实的写法,
　　兼有刚健与柔和之美,壮丽而不流于纤巧。其中有一段话是我
　　最喜爱的,那就是埃涅阿斯对狄多讲述的故事,尤其是讲到普里
　　阿摩斯被杀的那一节①。要是你们还没有把它忘记,请从这一
　　行念起;让我看,让我看——

　　　　　　野蛮的皮洛斯②像猛虎一样——

　　不,不是这样;它是从皮洛斯开始的——

　　　　　　野蛮的皮洛斯蹲伏在木马之中,

————————

　　①　以下所引剧词,叙述特洛伊亡国惨状,大约莎士比亚模拟古典剧风之
作。普里阿摩斯(Priamus)为特洛伊之王。

　　②　皮洛斯(Pyrrhus):希腊英雄阿喀琉斯(Achilles)之子,以骁勇残忍著
称。

黝黑的手臂和他的决心一样，

像黑夜一般阴森而恐怖；

在这黑暗狰狞的肌肤之上，

现在更染上令人惊怖的纹章，

从头到脚，他全身一片殷红，

溅满了父母子女们无辜的血。

那些燃烧着熊熊烈火的街道，

发出残忍而惨恶的凶光，

照亮敌人去肆行他们的杀戮，

也焙干了到处横流的血泊；

冒着火焰的熏炙，像恶魔一般，

全身胶粘着凝结的血块，

圆睁着两颗血红的眼睛，

来往寻找普里阿摩斯的踪迹。

你接下去吧。

波洛涅斯　上帝在上，殿下，你念得好极了，真是抑扬顿挫，曲尽
其妙。

伶甲　　　那老王正在气喘吁吁，

在希腊人的重围中苦战，

古老的剑背叛他的手臂，

一劈下去居然锵然落地；①

皮洛斯瞧老王孤弱可欺，

疯狂似的向他猛力攻击，

凶恶的剑锋上下四方挥舞，

把那心胆俱丧的老翁击倒。

① 朱译手稿：一点不听他手臂的指挥，
他的古老的剑锵然落地。

这一下打击有如天崩地裂，
惊动了没有感觉的伊利恩①。
冒着火焰的屋顶霎时坍下，
那轰然的巨响像一个霹雳，
震聋了皮洛斯的耳朵；瞧！
他的剑尚未砍下白发头颅，
却已经在半空中骤然停住。②
像一个涂朱抹彩的暴君，
对自己的行为漠不关心，
他一动不动地站在那里③。
在一场暴风雨未来以前，
天上往往有片刻的宁寂，
一块块乌云静悬在空中，
狂风悄悄地收起它的声息，
死样的沉默笼罩整个大地；
可是就在这短短的瞬间，
可怕的雷鸣震裂了天空。
经过暂时休止，杀人的暴念
重新激起皮洛斯的精神；
库克罗普斯为战神铸造甲胄④，
那巨力无比的锤击也远不及
皮洛斯手中那把流血的剑

---

① 伊利恩(Ilium)：特洛伊之别名。
② 朱译手稿：他的剑还没有砍下普里阿摩斯
　　　　　　　白发的头颅，却已在空中停住。
③ 朱译手稿：他兀立不动。
④ 库克罗普斯(Cyclops)：希腊神话中一个独眼巨人，负责给英雄们锻造
武器。

劈向普里阿摩斯那样凶狠无情。

去，去，你娼妇一样的命运！

天上的诸神啊！剥去她的权力，

不要让她僭窃神明的宝座；

拆毁她的车轮，把它滚下神山，

直到将她打入地狱的深渊。

波洛涅斯　这一段太长啦。

哈姆雷特　它应当跟你的胡子一起到理发匠那儿去剃一剃。念下去吧，他只爱听俚俗的歌曲和淫秽的故事，否则他就要瞌睡的。念下去，下面要讲到赫卡柏①了。

伶甲　可是啊！谁看见那蒙脸的王后——

哈姆雷特　"那蒙脸的王后"？

波洛涅斯　那很好，"蒙脸的王后"是很好的句子。

伶甲　　　满面流泪，在火焰中赤脚奔走，

一块布覆在失去宝冕的头上，

也没有一件蔽体的衣服，

只有在惊惶中抓到一幅毡巾，

裹住她瘦削而多产的腰身；

谁见了这样伤心惨目的景象，

不要向残酷的命运申申毒詈？

她看见皮洛斯以杀人为戏，

正在把她丈夫的肢体脔割，

忍不住大放哀声，那凄凉的号叫——

除非人间的哀乐不能感动天庭——

即使光明的日月也会陪她流泪，

诸神的心中都要充满悲愤。

① 赫卡柏（Hecuba）：特洛伊王普里阿摩斯之后。

波洛涅斯　瞧,他的脸色都变了,他的眼睛里已经含着眼泪! 不要念下去了吧。

哈姆雷特　很好,其余的部分等会儿再念给我听吧。大人,请您去找一处好好的地方安顿这一班伶人。听着,他们是不可怠慢的,因为他们是这一个时代的缩影;宁可在死后得到一首恶劣的墓铭,也不要在生前受他们一场刻毒的讥讽。

波洛涅斯　殿下,我按着他们应得的名分对待他们就是了。

哈姆雷特　哎哟,朋友,还要客气得多哩! 要是照每一个人应得的名分对待他,那么谁逃得了一顿鞭子? 照你自己的名誉地位对待他们;他们越是不配受这样的待遇,越可以显出你的谦虚有礼。领他们进去。

波洛涅斯　来,各位朋友。

哈姆雷特　跟他去,朋友们,明天我们要听你们唱一本戏。(波洛涅斯偕众伶人下,伶甲独留)听着,老朋友,你会演《贡扎古之死》吗?

伶甲　会演的,殿下。

哈姆雷特　那么我们明天晚上就把它上演。也许我因为必要的理由,要另外写下约莫十几行句子的一段剧词插进去,你能够把它预先背熟吗?

伶甲　可以,殿下。

哈姆雷特　很好。跟着那位老爷去,留心不要取笑他。(伶甲下。向罗森克兰兹、吉尔登斯特恩)我的两位好朋友,我们今天晚上再见;欢迎你们到埃尔西诺来!

吉尔登斯特恩　再会,殿下!(罗森克兰兹、吉尔登斯特恩同下。)

哈姆雷特　好,上帝和你们同在! 现在我只剩下一个人了。啊,我是一个多么不中用的蠢才! 这一个伶人不过在一本虚构的故事、一场激昂的幻梦之中,却能够使他的灵魂融化在他的意象里,在它的影响之下,他的整个的脸色变成惨白,他的眼中洋溢着热泪,他的神情流露着仓皇,他的声音是这么呜咽凄凉,他的全部动作都表现得和他的意象一致,这不是很不可思议的吗? 而且一点也不为了什么! 为了赫卡柏! 赫卡柏对他有什么相干,他对赫卡柏又有什么相干,他却要为她流泪? 要是他也有了像我所有的那样使人痛心的理由,他将要怎样呢? 他一定会让眼泪淹没了舞台,用可怖的字句震裂了听众的耳朵,使有罪的人发狂,使无罪的人骇愕,使愚昧无知的人惊惶失措,使所有的耳目迷乱了它们的功能。 可是我,一个糊涂颟顸的家伙,垂头丧气,一天到晚像在做梦似的,忘记了杀父的大仇;虽然一个国王给人家用万恶的手段掠夺了他的权位,杀害了他的最宝贵的生命,我却始终哼不出一句话来。 我是一个懦夫吗? 谁骂我恶人? 谁敲破我的脑壳? 谁拔去我的胡子,把它吹在我的脸上? 谁扭我的鼻子? 谁当面指斥我胡说? 谁对我做这种事? 嘿! 我应该忍受这样的侮辱,因为我是一个没有心肝、逆来顺受的怯汉,否则我早已用这奴才的尸肉,喂肥了四境之内的乌鸢了。 嗜血的、荒淫的恶贼! 狠心的、奸诈的、淫邪的、悖逆的恶贼! 啊,复仇! ——嗨,我真是个蠢才! 我的亲爱的父亲被人谋杀了,鬼神都在鞭策我复仇,我这做儿子的却像一个下流女人似的,只会用空言发发牢骚,学起泼妇骂街的样子来,真是了不得的勇敢! 呸,呸,活动起来吧,我的脑筋! 我听人家说,犯罪的人在看戏的时候,因为台上表演的巧妙,有时会激动天良,当场供认他们的罪恶;因为暗杀的事情无论干得怎样秘密,总会借着神奇的喉舌泄露出来。 我要叫这班伶人在我的叔父面前表演一本跟我的父亲的惨死情节相仿的戏剧,我就在一旁窥察他的神色;我要探视到他的灵魂的深处,要是他稍露惊骇不安之态,我就知道我应该怎么办了。 我所看见的幽灵也许是魔鬼的化身,借着一个美好的形状出现,魔鬼是有这一种本领的;对于柔弱忧郁的灵魂,他最容易发挥他的力量;也许他看准了我的柔弱和忧郁,才来向我作祟,要把我引诱到沉沦的路上。 我要先得到一些比这更切实的证据;凭着这一本戏,我可以发掘国王内心的隐秘。(下。)

第 三 幕

第一场　城堡中的一室

　　[国王、王后、波洛涅斯、奥菲莉娅、罗森克兰兹及吉尔登斯特恩上。

国王　你们不能用迂回婉转的方法,探出他为什么这样神思颠倒,让紊乱而危险的疯狂困扰他的安静的生活吗?

罗森克兰兹　他承认他自己有些神经迷惘,可是绝口不肯说为了什么缘故。

吉尔登斯特恩　他也不肯虚心接受我们的探问;当我们想要从他嘴里知道他自己的一些真相的时候,他总是用假作痴呆的神气回避不答。

王后　他对待你们还客气吗?

罗森克兰兹　很有礼貌。

吉尔登斯特恩　可是不大出于自然。

罗森克兰兹　对于我们的问题,他力守缄默,可是对我们倒盘问得很是详细。

王后　你们有没有劝诱他找些什么消遣?

罗森克兰兹　娘娘,我们来的时候,刚巧有一班戏子也要到这儿来,给我们追上了;我们把这消息告诉了他,他听了好像很高兴。现在他们已经到了宫里,我想他今晚就要看他们表演的。

波洛涅斯　一点不错;他还叫我来请两位陛下同去看看他们演得怎样哩。

国王　那好极了;我非常高兴听见他在这方面感兴趣。请你们两位还要更进一步鼓起他的兴味,把他的心思移转到这种娱乐上面。

罗森克兰兹　是,陛下。(罗森克兰兹、吉尔登斯特恩同下。)

国王　亲爱的葛特鲁德,你也暂时离开我们,因为我们已经暗中差人去唤哈姆雷特到这儿来,让他和奥菲莉娅见面,就像是他们偶然相遇一般。她的父亲跟我两人将要权充一下密探,躲在可以看见他们,却不能被他们看见的地方,注意他们会面的情形,从他的行为上判断他的疯病究竟是不是因为恋爱上的苦闷。

王后　我愿意服从您的意旨。奥菲莉娅,但愿你的美貌果然是哈姆雷特疯狂的原因;更愿你的美德能够帮助他恢复原状,使你们两人都能安享尊荣。

奥菲莉娅　娘娘,但愿如此。(王后下。)

波洛涅斯　奥菲莉娅,你在这儿走走。陛下,我们就去躲起来吧。(向奥菲莉娅)你拿这本书去读,他看见你这样用功,就不会疑心你为什么一个人在这儿了。人们往往用至诚的外表和虔敬的行动,掩饰一颗魔鬼般的内心,这样的例子是太多了。

国王　(旁白)啊,这句话是太真实了!它在我的良心抽上了多么重的一鞭!涂脂抹粉的娼妇的脸颊,还不及掩藏在虚伪的言辞后面的我的行为更丑恶。难堪的重负啊!

波洛涅斯　我听见他来了;我们退下去吧。陛下。(国王及波洛涅斯下。)

〔哈姆雷特上。

哈姆雷特　生存还是毁灭,这是一个值得考虑的问题;默然忍受命运的暴虐的毒箭,或是挺身反抗人世的无涯的苦难,在奋斗中结束了一切,这两种行为,哪一种是更勇敢的?死了,睡去了,什么都完了;要是在这种睡眠之中,我们心头的创痛,以及其他无数血肉之躯所不能避免的打击,都可以从此消失,那正是我们求之不得的结局。死了,睡去了;睡去了也许还会做梦,嗯,阻碍就在这儿:因为当我们摆脱了这一具朽腐的皮囊以后,在那死的睡眠里,究竟将要做些什么梦,那不能不使我们踌躇顾虑。人们甘心久困于患难之中,也就是为了这个缘故,谁愿意忍受人世的鞭挞和讥嘲、压迫者的凌辱、傲慢者的冷眼、被轻蔑的爱情的惨痛、法律的迁延、官吏的横暴**和下贱的小人对勤恳劳作所得的功绩的蔑视**①,要是他只要用一柄小小的刀子,就可以清算他自己的一生? 谁愿意负着这样的重担,在烦劳的生命的迫压下呻吟流汗,倘不是因为惧怕不可知的死后,那从来不曾有一个旅人回来过的神秘之国,是它迷惑了我们的意志,使我们宁愿忍受目前的折磨,不敢向我们所不知道的痛苦飞去? 这样,理智使我们全变成了懦夫,决心的赤热的光彩,被审慎的思维盖上了一层灰色,伟大的事业在这一种考虑之下,也会逆流而退,失去了行动的意义。且慢! 美丽的奥菲莉娅! ——女神,在你的祈祷之中,不要忘记替我忏悔我的罪孽。

奥菲莉娅　我的好殿下,你这许多天来贵体安好吗?

哈姆雷特　谢谢你,很好,很好,很好。

奥菲莉娅　殿下,我有几件您送给我的纪念品,我早就想把它们还给您;请您现在收回去吧。

哈姆雷特　不,我不要,我从来没有给你什么东西。

奥菲莉娅　殿下,我记得很清楚您把它们送给我,那时候您还向我说了许多甜蜜的言语,使这些东西格外显得贵重;现在它们的芳香已经消散,请您拿了回去吧,因为送礼的人要是变了心,礼物虽贵,也会失去了价值。拿去吧,殿下。

哈姆雷特　哈哈! 你贞洁吗?

奥菲莉娅　殿下!

哈姆雷特　你美丽吗?

奥菲莉娅　殿下是什么意思?

---

①　朱译手稿:微贱者费尽辛劳所换来的鄙视。

哈姆雷特　要是你既贞洁又美丽，那么顶好不要让你的贞洁跟你的美丽来往。

奥菲莉娅　殿下，美丽跟贞洁相交，那不是再好没有吗？

哈姆雷特　嗯，真的；因为美丽可以使贞洁变成淫荡，贞洁却未必能使美丽受它自己的感化；这句话从前像是怪诞之谈，可是现在的时世已经把它证实了。我曾经爱过你。

奥菲莉娅　真的，殿下，您曾经使我相信您爱我。

哈姆雷特　你当初就不应该相信我，因为美德不能熏陶我们罪恶的本性；我没有爱过你。

奥菲莉娅　那么我真是受了骗了。

哈姆雷特　进尼姑庵去吧；为什么你要生养一群罪人出来呢？我自己还不算是一个顶坏的人；可是我可以指出我的许多过失，一个人有了那些过失，他的母亲还是不要生下他来的好。我很骄傲、任性、不安分，还有那么多的罪恶，连我的思想里也容纳不下，我的想象也不能给它们形象，甚至于我没有充分的时间可以把它们实行出来。像我这样的家伙，匍匐于天地之间，有什么用处呢？我们都是些十足的坏人，一个也不要相信我们。进尼姑庵去吧。你的父亲呢？

奥菲莉娅　在家里，殿下。

哈姆雷特　把他关起来，让他只好在家里发发傻劲。再会！

奥菲莉娅　哎哟，天哪！救救他！

哈姆雷特　要是你一定要嫁人，我就把这一个咒诅送给你做嫁妆；尽管你像冰一样坚贞，像雪一样纯洁，你还是逃不过谗人的诽谤。进尼姑庵去吧，去；再会！或者要是你必须嫁人的话，就嫁给一个傻瓜吧。因为聪明人都明白你们会叫他们变成怎样的怪物。进尼姑庵去吧，去；越快越好，再会！

奥菲莉娅　天上的神明啊，让他清醒过来吧。

哈姆雷特　我也知道你们会怎样涂脂抹粉，上帝给了你们一张脸，你们又替自己另外造了一张。你们烟视媚行,淫声浪气,替上帝造下的生物乱取名字,卖弄你们不懂事的风骚。算了吧,我再也不敢领教了;它已经使我发了狂。我说,我们以后再不要结什么婚了;已经结过婚的,除了一个人以外,都可以让他们活下去;没有结婚的不准再结婚,进尼姑庵去吧,去。(下。)

奥菲莉娅　啊,一颗多么高贵的心是这样陨落了! 朝臣的眼睛,学者的辩舌,军人的利剑,国家所属望的一朵娇花,时流的明镜,人伦的雅范,举世瞩目的中心,就这样无可挽回地陨落了! 我是一切妇女中间最伤心而不幸的,我曾经从他音乐一般的盟誓中吮吸芬芳的甘蜜,现在却眼看着他的高贵无上的理智,像一串美妙的银铃失去了谐和的音调,无比的青春美貌,在疯狂中凋谢! 啊,我好苦,谁料过去的繁华,变作今朝的泥土!

〔国王及波洛涅斯重上。

国王　恋爱! 他的精神错乱不像是为了恋爱;他说的话虽然有些颠倒,也不像是疯狂。他有些什么心事盘踞在他的灵魂里,我怕它也许会产生危险的结果。为了防免万一起见,我已经当机立断,决定了一个办法:他必须立刻到英国去,向他们追索延宕未纳的贡物;也许他到海外各国游历一趟以后,时时变换的环境可以替他排解去这一桩使他神思恍惚的心事。你看怎么样?

波洛涅斯　那很好。可是我相信他的烦闷的根本原因,还是为了恋爱上的失意。啊,奥菲莉娅! 你不用告诉我们哈姆雷特殿下说些什么话;我们全都听见了。陛下,照您的意思办吧;可是您要是认为可以的话,不妨在戏剧终场以后,让他的母后独自一人跟他在一起,恳求他向她吐露他的心事;她必须很坦白地跟他谈谈,我就找一个所在听他们说些什么。要是她也探听不出他的秘密来,您就叫他到英国去,或者凭着您的高见,把他关禁在一个适当的地方。

国王　就这样办吧;大人物的疯狂是不能听其自然的。(同下。)

第二场　城堡中的厅堂

〔哈姆雷特及若干伶人上。

哈姆雷特　请您念这段剧词的时候,要照我刚才读给你听的那样子,一个字一个字打舌头上很轻快地吐出来;要是你也像多数的伶人们一样,只会拉开了喉咙嘶叫,那么我宁愿叫那宣布告示的公差念我这几行词句。也不要老是把你的手在空中这么摇挥;一切动作都要温文,因为就是在洪水暴风一样的感情激发之中,你也必须取得一种节制,免得流于过火。啊! 我顶不愿意听见一个披着满头假发的家伙在台上乱嚷乱叫,把一段感情片片撕碎,让那些只爱热闹的下层观众听了出神,他们中间的大部分是除了欣赏一些莫名其妙的手势以外,什么都不懂得的。我可以把这种家伙抓起来抽一顿鞭子,因为他把妥玛冈特形容过分,希律王的凶暴也要对她甘拜下风。① 请您留心避免才好。

伶甲　我留心就是了,殿下。

哈姆雷特　可是太平淡了也不对,你应该接受你自己的常识的指导,把动作和言语互相配合起来;特别要注意到这一点,你不能越过人情的常道;因为不近情理的过分描写,是和演剧的原意相反的;自有戏剧以来,它的目的始终是反映人生,显示善恶的本来面目,给它的时代看一看它自己演变发展的模型。要是表演得过分了或者太懈怠了,虽然可以博外行的观众一笑,明眼之士却要因此而皱眉;你必须看重这样一个卓识者的批评甚于满场观众盲目的毁誉。啊! 我曾经看见有几个伶人演戏,而且也听见有人把他们极口捧场,说一句并不过分的话,他们既不会说基督徒的语言,又不会学着人的样子走路,瞧他们在台上大摇大摆,

---

①　妥玛冈特(Termagant):传说中残忍凶暴的回教女神。希律(Herold):耶稣时代统治加利利之暴君。二者为道德剧和神迹剧中常见的角色。

使劲叫喊的样子，我心里就想一定是什么造化的雇工把他们造了下来：造得这样拙劣，以至于全然失去了人类的面目。

伶甲　　我希望我们在这方面已经相当纠正过来了。

哈姆雷特　　啊！你们必须彻底纠正这一种弊病。还有你们那些扮演小丑的，除了剧本上专为他们写下的台词以外，不要让他们临时编造一些话加上去。往往有许多小丑爱用自己的笑声，引起台下一些无知的观众的哄笑，虽然那时候全场的注意力应当集中于其他更要重要的问题上；这种行为是不可恕的，它表示出那丑角的可鄙的野心。去，准备起来吧。（伶人等同下。）

　　〔波洛涅斯、罗森克兰兹及吉尔登斯特恩上。

哈姆雷特　　啊，大人，王上愿意来听这一本戏吗？

波洛涅斯　　他跟娘娘都就要来了。

哈姆雷特　　叫那些戏子们赶紧点儿。（波洛涅斯下）你们两人也去帮着催催他们。

罗森克兰兹、吉尔登斯特恩　　是，殿下。（罗森克兰兹、吉尔登斯特恩下。）

哈姆雷特　　喂，霍拉旭！

　　〔霍拉旭上。

霍拉旭　　有，殿下。

哈姆雷特　　霍拉旭，你是我所交接的人们中间最正直的一个人。

霍拉旭　　啊，殿下！——

哈姆雷特　　不，不要以为我在恭维你，你除了你的善良的精神以外，身无长物，我恭维了你又有什么好处呢？为什么要向穷人恭维？不，让蜜糖一样的嘴唇去吮舐愚妄的荣华，在有利可图的所在屈下他们生财有道的膝盖来吧。听着，自从我能够辨别是非、察择贤愚以后，你就是我灵魂里选中的一个人，因为你虽然经历一切的颠沛，却不曾受到一点伤害，命运的虐待和恩宠，对于你都是一样；能够把感情和理智调整得那么适当，命运不能把他玩弄于指掌之间，那样的人是有福的。给我一个不为感情所奴役的人，我愿意把他珍藏在我的心坎,我的灵魂的深处,正像我对你一样。这些话现在也不必多说了。今晚我们要在国王面前演一出戏,其中有一场的情节跟我告诉过你的我的父亲的死状颇相仿佛;当那幕戏正在串演的时候,我要请你集中你的全副精神,注视我的叔父,要是他在听到那一段剧词以后,他的隐藏的罪恶还是不露出一丝痕迹来,那么我们所看见的那个鬼魂一定是个恶魔,我的幻想也像铁匠的砧石那样黑漆一团了。留心看他;我也要把我的眼睛看定他的脸上;过后我们再把各人观察到的结果综合起来,给他下一个判断。

霍拉旭　很好,殿下,在演这出戏的时候,要是他在容色举止之间,有什么地方逃过了我们的注意,请您唯我是问。

哈姆雷特　他们来看戏了;我必须装作无所事事的神气。你去捡一个地方坐下。

　　〔奏丹麦进行曲,喇叭奏花腔。王后、波洛涅斯、奥菲莉娅、罗森克兰兹、吉尔登斯特恩及余人等上。

国王　你好吗,哈姆雷特贤侄?

哈姆雷特　很好,好极了;我吃的是变色蜥蜴的肉,喝的是充满着甜言蜜语的空气,你们的肥鸡还没有这样的味道哩。

国王　你这种话真是答非所问,哈姆雷特,我不是那个意思。

哈姆雷特　不,我现在也没有那个意思。(向波洛涅斯)大人,您说您在大学里念书的时候,曾经演过一回戏吗?

波洛涅斯　是的,殿下,他们都称赞我是一个很好的演员哩。

哈姆雷特　您扮演什么角色呢?

波洛涅斯　我扮的是朱利斯·凯撒;布鲁托斯在朱庇特神殿里把我杀死。

哈姆雷特　他在神殿里杀死了那么好的一头小牛,真太残忍了。那班戏子已经预备好了吗?

罗森克兰兹　是,殿下,他们在等候您的旨意。

王后　过来,我的好哈姆雷特,坐在我的旁边。

哈姆雷特　不,好妈妈,这儿有一个更迷人的东西哩。

波洛涅斯　(向国王)啊哈,您看见吗?

哈姆雷特　小姐,我可以睡在你的怀里吗?

奥菲莉娅　不,殿下。

哈姆雷特　我的意思是说,我可以把我的头枕在您的膝上吗?

奥菲莉娅　嗯,殿下。

哈姆雷特　你以为我在转着下流的念头吗?

奥菲莉娅　我没有想到,殿下。

哈姆雷特　睡在姑娘大腿的中间,想起来倒是很有趣的。

奥菲莉娅　什么,殿下?

哈姆雷特　没有什么。

奥菲莉娅　你在开玩笑哩,殿下。

哈姆雷特　谁,我吗?

奥菲莉娅　嗯,殿下。

哈姆雷特　上帝啊,我不过是给您消遣消遣的。一个人为什么不说说笑笑呢?您瞧,我的母亲多么高兴,我的父亲还不过死了两个钟头。

奥菲莉娅　不,已经四个月了,殿下。

哈姆雷特　这么久了吗?哎哟,那么让魔鬼去穿孝服吧。我可以去做一身貂皮的新衣啦。啊,死了两个月,还没有把他忘记吗?那么也许一个大人物死了以后,他的记忆还可以保持半年之久;可是凭着圣母起誓,他必须造下几所教堂,否则他就要跟那被遗弃的木马一样,没有人再会想念他了。

　　〔高音笛奏乐,哑剧登场。

　　〔一国王及一王后上,状极亲热,互相拥抱,后跪地,向王做宣誓状。王扶后起,俯首后颈上。王就花坪上睡下;后见王睡熟离去。另一个人上,自王头上去冠,吻冠,注毒药于王耳,下。后重上,见王死,作哀恸状。下毒者率其他二、三人重上,伴作陪后悲哭状。从者抬王尸下。下毒者以礼物赠后，向其乞爱；后先作憎恶不愿状，卒允其请。同下。

奥菲莉娅　这是什么意思，殿下？

哈姆雷特　呃，这是阴谋诡计的意思。

奥菲莉娅　大概这一场哑剧就是全剧的本事了。

　　　　　［致开场词者上。

哈姆雷特　这家伙可以告诉我们一切；演戏的都不能保守秘密，他们
　　　　什么话都会说出来。

奥菲莉娅　他会给我们解释刚才那场哑剧的意思吗？

**哈姆雷特　那当然，不管你向他表演什么，他都能解释；只要你不害
　　　　臊演得出来，他也就不害臊说得出口。**

开 场 词

这悲剧要是演不好，

要请各位原谅指教，

小的在这厢有礼了。（致辞者下。）

哈姆雷特　这算开场词呢，还是指环上的诗铭？

奥菲莉娅　它很短，殿下。

哈姆雷特　正像女人的爱情一样。

　　　　　［二伶人扮国王，王后上。

伶王　　　日轮已经盘绕三十春秋，

那茫茫海水和滚滚地球，

月亮吐耀着借来的晶光，

三百六十回向大地环航，

自从爱把我们缔结良姻，

许门替我们证下了鸳盟。

伶后　　　愿日月继续他们的周游，

让我们再厮守三十春秋，

可是唉，你近来这样多病，

郁郁寡欢,失去旧时高兴,
好教我满心里为你忧惧。
可是,我的主,你不必疑虑;
女人的忧像她的爱一样,
不是太少,就是超过分量;
你知道我爱你是多么深,
所以才会有如此的忧心。
越是相爱,越是挂肚牵胸;
不这样哪显得你我情浓?

伶王	爱人,我不久必须离开你,
	我的全身将要失去生机;
	留下你在这繁华的世界,
	安享尊荣,受人们的敬爱;
	也许再嫁一位如意郎君——
伶后	啊!我断不是那样薄情人,
	我倘忘旧迎新,难邀天恕;
	再嫁的除非是杀夫淫妇。
哈姆雷特	（旁白）苦恼,苦恼!
伶后	女人失节大半贪慕荣华,
	多情女子决不另抱琵琶;
	我要是与他人共枕同衾,
	怎么对得起地下的先灵!
伶王	我相信你的话发自心田,
	可是我们往往自食前言。
	志愿不过是记忆的奴隶,
	总是有始无终,虎头蛇尾,
	像未熟的果子密布树梢,
	一朝红烂就会离去枝条。

我们对自己所负的债务，
最好把它丢在脑后不顾；
一时的热情中发下誓愿，
心冷了，那意志也随云散。
过分的喜乐，剧烈的哀伤，
反会毁害了感情的本常。
人世间的哀乐变幻无端，
痛哭转瞬早变成了狂欢。
世界也会有毁灭的一天，
何怪爱情要随境遇变迁；
有谁能解答这一个哑谜，
是境由爱造？是爱逐境移？
失财势的伟人举目无亲，
走时运的穷酸仇敌逢迎。
这炎凉的世态古今一辙，
富有的门庭挤满了宾客；
要是你在穷途向人求助，
即使知交也要形同陌路。
把我们的谈话拉回本题，
意志命运往往背道而驰，
决心到最后会全部推倒，
事实的结果总难符预料。
你以为你自己不会再嫁，
只怕我一死你就要变卦。

伶后　　地不要养我，天不要亮我！
　　　　昼不得游乐，夜不得安卧！
　　　　毁灭了我的希望和信心，
　　　　铁锁囚门把我监禁终身！

　　　　　每一种恼人的飞来横逆，

　　　　　把我一重重的心愿摧折！

　　　　　我倘死了丈夫再做新人，

　　　　　让我生前死后永陷沉沦！

哈姆雷特　　要是她现在背了誓！

伶王　　　　难为您发这样重的誓愿。

　　　　　爱人，你且去，我神思昏倦，

　　　　　想要小睡片刻。（睡。）

伶后　　　　愿你安睡；

　　　　　上天保佑我俩永无灾悔。（下。）

哈姆雷特　　母亲，您觉得这出戏怎样？

王后　　我想那女人发的誓太重了。

哈姆雷特　　啊，可是她会守约的。

国王　　这本戏是怎么一个情节？里面没有什么要不得的地方吗？

哈姆雷特　　不，不，他们不过开玩笑毒死了一个人，没有什么要不
　　得的。

国王　　戏名叫什么？

哈姆雷特　　《捕鼠机》。呃，怎么？这是一个象征的名字。戏中的故
　　事影射着维也纳的一件谋杀案。贡扎古是那公爵的名字，他的
　　妻子叫作白普蒂丝姐。您看下去就知道是怎么一回事。这是一
　　部很恶劣的作品，可是那有什么关系？它不会对您陛下跟我们
　　这些灵魂清白的人有什么相干；让那有毛病的马儿去惊跳退缩
　　吧，我们的肩背都是好好儿的。

　　　〔一伶人扮琉西安纳斯上。

哈姆雷特　　这个人叫作琉西安纳斯，是那国王的侄子。

奥菲莉娅　　你很会解释剧情，殿下。

哈姆雷特　　要是我看见傀儡戏搬演你跟你爱人的故事，我也会替你
　　们解释的。

奥菲莉娅　你说话真尖利，殿下，你说话真尖利。

哈姆雷特　要拔出我那尖利的刀锋，一定让你痛得呻吟①。

奥菲莉娅　说得更妙了，更不像话了。

哈姆雷特　**你们女人都是这样欺骗丈夫的。**动手吧，凶手！混账东西，别扮鬼脸了，动手吧！来，哑哑的乌鸦发出复仇的啼声。

琉西安纳斯　黑心快手，遇到妙药良机；

　　　　　趁着没人看见，事不宜迟。

　　　　　你夜半采来的毒草练成，

　　　　　赫卡忒②的咒语念上三巡，

　　　　　赶快发挥您凶恶的魔力，

　　　　　让他的生命速归于幻灭。（以毒药注入睡者耳中。）

哈姆雷特　他为了觊觎权位，在花园里把他毒死。他的名字叫贡扎古；那故事原文还存在，是用很好的意大利文写成的。底下就要**演到**③那凶手怎样得到贡扎古的妻子的爱了。

奥菲莉娅　王上站起来了！

哈姆雷特　什么！给一场假火吓怕了吗？

王后　陛下怎么啦？

波洛涅斯　不要演下去了！

国王　给我点起火把来！去！

众人　火把！火把！火把！（除哈姆雷特、霍拉旭外均下。）

哈姆雷特　嗨，让那中箭的母鹿掉泪，

　　　　　没有伤的公鹿自去游玩；

　　　　　有的人失眠，有的人酣睡，

　　　　　世界就是这样循环轮转。

---

①　暗喻性爱。

② 　赫卡忒（Hecate）：希腊神话中的月亮、大地和冥界女神，后被视为巫神。

③ 　朱译手稿：做到。

老兄,要是我的命运跟我作起对来,凭着我这样的本领,再插上满头的羽毛,开缝的靴子上缀上两朵绢花,你想我能不能在戏班子里插足?

霍拉旭　也许他们可以让你领半额包银。

哈姆雷特　我可要领全额的。

　　　　　因为你知道,亲爱的朋友,

　　　　　这一个荒凉破碎的国土;

　　　　　原来是乔武统治的雄邦,

　　　　　而今王位上却坐着——孔雀。

霍拉旭　你该把它押了韵才是。

哈姆雷特　啊,好霍拉旭! 那鬼魂真的没有骗了我。你看见吗?

霍拉旭　看见的,殿下。

哈姆雷特　当那演戏的一提到毒药的时候?

霍拉旭　我看得他很清楚。

哈姆雷特　啊哈! 来,奏乐,那吹笛子的呢?

　　　　　要是国王不爱这本喜剧,

　　　　　那么他多半是不能赏识。

　　　　　来,奏乐!

　　　　〔罗森克兰兹及吉尔登斯特恩重上。

吉尔登斯特恩　殿下,允许我跟您说句话。

哈姆雷特　好,你对我讲全部历史都可以。

吉尔登斯特恩　殿下,王上——

哈姆雷特　嗯,王上怎么样?

吉尔登斯特恩　他回去以后,非常不舒服。

吉尔登斯特恩　喝醉酒了吗?

吉尔登斯特恩　不,殿下,他在发脾气。

哈姆雷特　你应该把这件事告诉他的医生,才算你的聪明;因为叫我去替他诊视,恐怕反而更会激动他的脾气的。

吉尔登斯特恩　好殿下,请您说话检点些,别这样拉扯开去。

哈姆雷特　好,我是听话的,你说吧。

吉尔登斯特恩　你的母后心里很难过,所以叫我来。

哈姆雷特　欢迎得很。

吉尔登斯特恩　不,殿下,这一种礼貌是用不到的。要是您愿意给我一个好好的回答,我就把您母亲的意旨向您传达;不然的话,请您原谅我,让我就这么回去,我的事情就算是完了。

哈姆雷特　我不能。

吉尔登斯特恩　你不能什么,殿下?

哈姆雷特　我不能给你一个好好的回答,因为我的脑子已经坏了;可是我所能够给你的回答,你——我应该说我的母亲——可以要多少有多少,所以别说废话,言归正传吧;你说我的母亲——

罗森克兰兹　她这样说:你的行为使她非常惊愕。

哈姆雷特　啊,好儿子,居然会叫一个母亲吃惊!可是在这母亲的惊愕的后面,还有什么话说,说吧。

罗森克兰兹　她请您在就寝以前,到她房间里去跟她谈谈。

哈姆雷特　即使我的母亲改嫁十次,我也一定服从她。你还有什么别的事情?

罗森克兰兹　殿下,我曾经蒙您错爱。

哈姆雷特　凭着我这双扒儿手起誓,我现在还是欢喜你的。

罗森克兰兹　好殿下,您心里这样不痛快,究竟为了什么原因? 要是您不肯把您的心事告诉您的朋友,那恐怕会害您自己失去了自由的。

哈姆雷特　我不满足我现在的地位。

罗森克兰兹　怎么! 王上自己已经亲口把您立为王位的继承者了,你还不能满足吗?

哈姆雷特　嗯，可是"**青草长，马儿亡**"①，——这句老话也有点儿发了霉啦。

　　　　［乐工等持笛上。

哈姆雷特　啊！笛子来了，拿一支给我。跟你们退后一步说话；为什么你们这样千方百计窥探我的隐私，好像一定要把我逼进你们的圈套？

吉尔登斯特恩　啊！殿下，要是我有太冒昧放肆的地方，那都是因为我对于您的忠诚太激切了。

哈姆雷特　我不大懂得你的话。你愿意吹吹这笛子吗？

吉尔登斯特恩　殿下，我不会吹。

哈姆雷特　请你吹一吹。

吉尔登斯特恩　我真的不会吹。

哈姆雷特　请你不要客气。

吉尔登斯特恩　我真的一点不会，殿下。

哈姆雷特　那是跟说谎一样容易的；你只要用你的手指按着这些笛孔，把你的嘴放在上面一吹，它就会发出最好听的音乐来。瞧，这些是音栓。

吉尔登斯特恩　可是我不曾从它里面吹出谐和的曲调来，我没有懂得它的技巧。

哈姆雷特　哼，你把我看成了什么东西！你会玩弄我；你自以为摸得到我的心窍，你想要探出我的内心的秘密；你会从我的最低音试到最高音，可是在这支小小的乐器之内，藏着绝妙的音乐，你却不会使它发出声音来。哼，你以为玩弄我比玩弄一支笛子容易吗？无论你把我叫作什么乐器，我是不让你把我玩弄的。

　　　　［波洛涅斯重上。

哈姆雷特　上帝祝福你，先生！

---

①　这是一句谚语。朱译手稿：草儿青青。

波洛涅斯　殿下，娘娘请您立刻就去见她说话。

哈姆雷特　你看见那片像骆驼一样的云吗？

波洛涅斯　哎哟，它真的像一头骆驼。

哈姆雷特　我想它还是像一头鼬鼠。

波洛涅斯　它拱起了背，正像是一头鼬鼠。

哈姆雷特　还是像一条鲸鱼吧？

波洛涅斯　很像一条鲸鱼。

哈姆雷特　那么等一会儿我就去见我的母亲。（旁白）我给他们愚弄
　　　　　得再也忍不住了。（高声）我等一会儿就来。

波洛涅斯　我就去这么说。（下。）

哈姆雷特　等一会儿是很容易说的。离开我，朋友们。（除哈姆雷特外
　　　　　均下）现在是一夜之中最阴森的时候，鬼魂都在此刻从坟墓里出
　　　　　来，地狱也要向人世吐放疠气；现在我可以痛饮热腾腾的鲜血，
　　　　　干那白昼所不敢正视的残忍的行为了。且慢！我还要到我母亲
　　　　　那儿去一趟。心啊！不要失去你的天性之情，永远不要让尼
　　　　　禄①的灵魂潜入我这坚定的胸怀；让我做一个凶徒，可是不要做
　　　　　一个逆子。我要用利剑一样的说话刺痛她的心，可是决不伤害
　　　　　她身体上一根毛发；我的舌头和灵魂要在这一次学学伪善者的
　　　　　样子，无论在言语上给她多么严厉的谴责，在行动上却要做得丝
　　　　　毫不让人家指责。（下。）

第三场　城堡中的一室

〔国王、罗森克兰兹及吉尔登斯特恩上。

国王　　我不喜欢他；纵容他这样疯闹下去，对于我是一个很大的威
　　　　胁。所以你们快去准备起来吧；我马上就可以发表明令，派遣你
　　　　们两人护送他到英国去。就我的地位而论，他的疯狂每小时都

---

　　①　尼禄（Nero）：古罗马暴君，曾谋杀其母。

可以危害我的安全，我不能让他留在我的近旁。

吉尔登斯特恩　我们就去准备起来；许多人的安危都寄托在陛下身上，这一种顾虑是最圣明不过的。

罗森克兰兹　每一个庶民都知道怎样远祸全身，一个身负天下重寄的人，尤其应该刻刻不懈地防备危害的袭击。君主的薨逝不仅是个人的死亡，它像一个漩涡一样，凡是在它近旁的东西，都要被它卷去同归于尽；又像一个矗立在最高山峰上的巨轮，它的轮辐上连附着无数的小物件，当巨轮轰然崩裂的时候，那些小物件也跟着它一齐粉碎。国王的一声叹息，总是随着全国的呻吟。

国王　请你们准备立刻出发，因为我们必须及早制止这一种公然的威胁。

罗森克兰兹、吉尔登斯特恩　我们就去赶紧预备。（罗森克兰兹、吉尔登斯特恩同下。）

　　　　〔波洛涅斯上。

波洛涅斯　陛下，他到他母亲房间里去了。我现在就去躲在帏幕后面，听他们怎么说。我可以断定她一定会把他好好教训一顿。您说得很不错，母亲对于儿子总有几分偏心，所以最好有一个第三者躲在旁边偷听他们的谈话。再会，陛下，在您未睡以前，我还要来看您一次，把我所探听到的事情告诉您。

国王　谢谢您，贤卿。（波洛涅斯下）啊！我的罪恶的戾气已经上达于天，我的灵魂上负着一个元始以来最初的咒诅，杀害兄弟的暴行！我不能祈祷，虽然我的愿望像决心一样强烈；我的更坚强的罪恶击败了我的坚强的意愿。像一个人同时要做两件事情，我因为不知道应该先从什么地方下手而徘徊歧途，结果反弄得一事无成。要是这一只可咒诅的手上染满了一层比它本身还厚的兄弟的血，难道天上所有的甘霖，都不能把它洗涤得像雪一样洁白吗？慈悲的使命，不就是宽宥罪恶吗？祈祷的目的，不是一方面预防我们的堕落，一方面救拔我们于已堕落之后吗？那么我要仰望上天；我的过失已经消灭了，可是唉！哪一种祈祷是我所适用的呢？"求上帝赦免我的杀人重罪"吗？那不能，因为我现在还占有着那些引起我的犯罪动机的目的物，我的王冠、我的野心和我的王后。非分攫取的利益还在手里，就可以幸邀宽恕吗？在这贪污的人世，罪恶的镀金的手也许可以把公道推开不顾，暴徒的赃物往往就是枉法的贿赂；可是天上却不是这样的，在那边一切都无可遁避，任何行动都要显现它的真相，我们必须当面为我们自己的罪恶做证。那么怎么办呢？还有什么法子好想呢？试一试忏悔的力量吧。什么事情是忏悔所不能做到的？可是对于一个不能忏悔的人，它又有什么用呢？啊，不幸的处境！啊，像死亡一样黑暗的心胸！啊，越是挣扎，越是不能脱身的胶住了的灵魂！救救我，天使们！试一试吧：弯下来，顽强的膝盖，钢丝一样的心弦，变得像新生之婴的筋肉一样柔嫩吧！但愿一切转祸为福！（退后跪祷。）

〔哈姆雷特上。

哈姆雷特　他现在正在祈祷，我正好动手；我决定现在就干，让他上天堂去，我也算报了仇了。不，那还要考虑一下：一个恶人杀死我的父亲；我，他的独生子，却把这个恶人送上天堂。啊，这简直是以恩报怨了。他用卑鄙的手段，在我父亲罪孽方中的时候乘其不备地把他杀死；虽然谁也不知道在上帝面前，他的生前的善恶如何相抵，可是照我们一般的推想，他的孽债多分是很重的。现在他正在洗涤他的灵魂，要是我在这时候结果了他的性命，那么天国的路是为他开放着，这样还算是复仇吗？不！收起来，我的剑，等候一个更惨酷的机会吧；当他在酒醉以后，在愤怒之中，或是在荒淫纵欲的时候，在赌博、咒骂，或是其他邪恶的行为的中间，我就要叫他颠踬在我的脚下，让他幽深黑暗不见天日的灵魂永堕地狱。我的母亲在等我。这一服续命的药剂不过延长了你临死的痛苦。（下。）

〔国王起立上前。

国王　我的言语高高飞起，我的思想滞留地下；没有思想的言语永远
　　不会上升天界。（下。）

第四场　王后寝宫

〔王后及波洛涅斯上。

波洛涅斯　他就要来了，请您把他着实教训一顿，对他说他这种狂妄
　　的态度，实在叫人忍无可忍，倘没有您娘娘替他居中迴护，王上
　　早已对他大发雷霆了。我就悄悄地躲在这儿。请您对他讲得着
　　力一点。

哈姆雷特　（在内）母亲，母亲，母亲！

王后　都在我身上，你放心吧。退下去，我听见他来了。（波洛涅斯匿
　　帏后。）

　　　　〔哈姆雷特上。

哈姆雷特　母亲，你叫我有什么事？

王后　哈姆雷特，你已经大大得罪了您的父亲啦。

哈姆雷特　母亲，您已经大大得罪了我的父亲啦。

王后　来，来，不要用这种胡说八道的话回答我。

哈姆雷特　去，去，不要用这种胡说八道的话问我。

王后　啊，怎么，哈姆雷特！

哈姆雷特　现在又是什么事？

王后　你忘记我了吗？

哈姆雷特　不，凭着十字架起誓，我没有忘记您；您是王后，您的丈夫
　　的兄弟的妻子，您又是我的母亲，——但愿您不是！

王后　哎哟，那么我要去叫那些会说话的人来跟你谈谈了。

哈姆雷特　来，来，坐下来，不要动；我要把一面镜子放在您的面前，
　　让您看一看您自己的灵魂。

王后　你要干什么呀？你不是要杀我吗？救命！救命呀！

波洛涅斯　（在后）喂！救命，救命，救命！

哈姆雷特　（拔剑）怎么！是哪一个鼠贼？要钱不要命吗？我来结果
　　　　　你。（以剑刺穿帷幕。）

波洛涅斯　（在后）啊！我死了。

王后　哎哟！你干了什么事啦？

哈姆雷特　我也不知道，那不是国王吗？

王后　啊，多么卤莽残酷的行为！

哈姆雷特　残酷的行为！好妈妈,简直就跟杀了一个国王再去嫁给
　　　　　他的兄弟一样坏。

王后　杀了一个国王！

哈姆雷特　嗯,母亲,我正是这样说。（揭帷见波洛涅斯）你这倒运的、
　　　　　粗心的、爱管闲事的傻瓜,再会！我还以为是一个在你上面的人
　　　　　哩。也是你命不该活;现在你可知道爱管闲事的危险了。——
　　　　　别尽扭着你的手。静一静。坐下来,让我扭你的心,你的心倘不
　　　　　是铁石打成的,万恶的习惯倘不曾把它硬化得透不进一点感情,
　　　　　那么我的话一定可以把它刺痛。

王后　我干了些什么错事,你竟敢这样肆无忌惮地向我摇唇弄舌呢？

哈姆雷特　你的行为可以使贞洁蒙污,使美德得到了伪善的名称;从
　　　　　纯洁的恋情的额上取下娇艳的蔷薇,替它盖上一个烙印;使婚姻
　　　　　的盟约变成赌徒的誓言一样虚伪;啊！这样一种行为,简直使盟
　　　　　约成为一个没有灵魂的躯壳,神圣的宗教变成一串谵妄的狂言;
　　　　　苍天的脸上也为它带上羞色,大地因为痛心这样的行为,也罩上
　　　　　满面的愁容,好像世界末日就要到来一般。

王后　唉！究竟是什么极恶重罪,你把它说得这样惊人呢？

哈姆雷特　瞧这一幅图画,再瞧这一幅,这是两个兄弟的肖像。你看
　　　　　这一个的相貌多么高雅优美:太阳神的卷发,乔武的前额,像战
　　　　　神玛尔斯一样威风凛凛的眼睛,像降落在高吻穹苍的山巅的神
　　　　　使墨丘利一样矫健的姿态;这一个完善卓越的仪表,真像每一个
　　　　　天神都曾在那上面打下印记,向世间证明这是一个男子的典型。

这是你从前的丈夫。现在你再看这一个：这是你现在的丈夫，像
一株霉烂的禾穗，损害了他的健硕的兄弟。你有眼睛吗？你甘
心离开这一座大好的高山，靠着这荒野生活吗？嘿！你有眼睛
吗？你不能说那是爱情，因为在你的年纪，热情已经冷淡下来，
它必须等候理智的判断；什么理智愿意从这么高的地方，降落到
这么低的所在呢？知觉你当然是有的，否则你就不会有行动；可
是你那知觉也一定已经麻木了，因为就是疯人也不会犯那样的
错误，无论怎样丧心病狂，总不会连这样悬殊的差异都分辨不出
来。那么是什么魔鬼蒙住了你的眼睛，把你这样欺骗呢？你的
视觉、听觉、触觉，全都失去了交相为用的功能了吗？因为单单
一个感官有了毛病，决不会使人愚蠢到这步田地的。羞啊！你
不觉得惭愧吗？要是地狱中的孽火可以在一个中年妇人的骨髓
里煽起了蠢动，那么在青春的烈焰中，让贞操像蜡一样融化了
吧。在强力的威迫下失身，有什么可耻呢？霜雪都会自动燃烧，
理智都会做情欲的奴隶呢。

王后　啊，哈姆雷特！不要说下去了！你使我的眼睛看进了我自己
灵魂的深处，看见我灵魂里那些洗拭不去的黑色的污点。

哈姆雷特　嘿，生活在汗臭垢腻的眠床上，让淫邪熏没了心窍，在污
秽的猪圈里调情弄爱——

王后　啊，不要再对我说下去了！这些话像刀子一样戳进我的耳朵
里，不要说下去了，亲爱的哈姆雷特！

哈姆雷特　一个杀人犯，一个恶徒，一个不及你前夫二百分之一的庸
奴，一个戴王冠的丑角，一个盗国窃位的扒手！**是他从架子上偷
取了那顶珍贵的王冠，塞进了自己的口袋——**

王后　别说了！

哈姆雷特　一个下流无赖的国王——

　　　　〔鬼魂上。

哈姆雷特　天上的神明啊，救救我，用你们的翅膀覆盖我的头

顶！——陛下英灵不昧,有什么见教?

王后　哎哟,他疯了!

哈姆雷特　您不是来责备您的儿子不该浪费他的时间和感情,把您
　　煌煌的命令搁在一旁,耽误了我所应该做的大事吗?啊,说吧!

鬼魂　不要忘记。我现在是来磨砺你的快要蹉跎下去的决心。可是
　　瞧!你的母亲满身都是惊愕。啊,快去安慰安慰她的正在交战
　　中的灵魂吧!最柔弱的人最容易受幻想的激动。对她说话去,
　　哈姆雷特。

哈姆雷特　您怎么啦,母亲?

王后　唉!你怎么啦?为什么你把眼睛睁视着虚无,向空中喃喃说
　　话?你的眼睛里射出狂乱的神情,像熟睡的士兵突然听到警号
　　一般,你的整齐的头发一根根都像有了生命似的耸立起来。啊,
　　好儿子!在你的疯狂的热焰上,浇洒一些清凉的镇静吧!你瞧
　　着什么?

哈姆雷特　他,他!你瞧,他的脸色多么惨淡!看见了他这一种形
　　状,要是再知道他所负的沉冤,即使石块也会感动的。——不要
　　瞧着我,因为那不过徒然勾起我的哀戚,也许反会妨碍我的冷酷
　　的决心;也许我会因此而失去勇气,让挥泪代替了流血。

王后　你这番话是对谁说的?

哈姆雷特　您没有看见什么吗?

王后　什么也没有;要是有什么东西在那边,我不会看不见的。

哈姆雷特　您也没有听见什么吗?

王后　不,除了我们两人的说话以外,我什么也没有听见。

哈姆雷特　啊,您瞧!瞧,它悄悄儿去了!我的父亲,穿着他生前所
　　穿的衣服!瞧!他就在这一刻,从门口走出去了!(鬼魂下。)

王后　这是你脑中虚构的意象;一个人在心神恍惚的状态中,最容易
　　发生这种幻妄的错觉。

哈姆雷特　心神恍惚!我的脉搏跟您的一样,在按着正常的节奏跳

动哩。我所说的并不是疯话；要是您不信，我可以把我刚才说过
的话一字不漏地复述一遍，一个疯人是不会记忆得那样清楚的。
母亲，为了上帝的慈悲，不要自己安慰自己，以为我这一番说话，
只是出于疯狂，不是真的对您的过失而发；那样的思想不过是骗
人的油膏，只能使您溃烂的良心上结起一层薄膜，那内部的毒疮
却在底下愈长愈大。向上天承认您的罪恶吧，忏悔过去，警戒未
来；不要把肥料浇在莠草上，使它们格外蔓延起来。原谅我这一
番正义的劝告，因为在这种万恶的时世，正义必须向罪恶乞恕，
它必须俯首屈膝，要求人家接纳他的善意的箴规。

王后　啊，哈姆雷特！你把我的心劈为两半了！

哈姆雷特　啊！把那坏的一半丢掉，保留那另外的一半，让您的灵魂
清净一些。晚安！可是不要上我叔父的床，即使您已经失节，也
得勉力学做一个贞节妇人的样子。习惯虽然是一个可以使人失
去羞耻的魔鬼，但是它也可以做一个天使，对于勉力为善的人，
它会用潜移默化的手段，使他弃恶从善。您要是今天晚上自加
抑制，下一次就会觉得这一种自制的功夫并不怎么为难，慢慢儿
就可以习以为常了；因为习惯简直有一种改变气质的神奇的力
量，它可以使魔鬼主宰人类的灵魂，也可以把他从人们心里驱逐
出去。让我再向您道一次晚安，当您希望得到上天祝福的时候，
我将求您祝福我。至于这一位老人家，（指波洛涅斯）我很后悔自
己一时卤莽把他杀死；可是这是上天的意思，要借着他的死惩罚
我，同时借着我的手惩罚他，使我一方面自己受到天谴，一方面
又成为代天行刑的使者。我现在先去把他的尸体安顿好了，再
来承担这个杀人的过咎。晚安！为了顾全母子的恩慈，我不得
不忍情暴戾；不幸已经开始，更大的灾祸还在接踵而至。再有一
句话，母亲。

王后　我应当怎么做？

哈姆雷特　我不能禁止您不再让那骄淫的僭王引诱您和他同床，让

他拧你的脸颊，叫您做他的小耗子；我也不能禁止您因为他给了您一两个恶臭的吻，或是用他万恶的手指抚摩你的颈项，就把您所知道的事情一起说了出来，告诉他我实在是装疯，不是真疯。您应该让他知道；因为哪一个聪明懂事的王后，愿意隐藏着这样重大的消息，不去告诉一只蛤蟆、一只蝙蝠、一只老雄猫知道呢？不，虽然理性警告您保守秘密，您尽管学那寓言中的猴子，因为受了好奇心的驱使，到屋顶上去开了笼门，把鸟儿放走，自己钻进笼里去，结果连笼子一起掉下来跌死吧。

王后　你放心吧，要是言语是从呼吸里吐出来的，我决不会让我的呼吸泄露了你对我所说的话。

哈姆雷特　我必须到英国去，您知道吗？

王后　唉！我忘了；这事情已经这样决定了。

哈姆雷特　公文已经封好，打算交给我那两个同学带去，这两个家伙我要像对待两条咬人的毒蛇一样随时提防；他们将要做我的先驱，引导我钻进什么圈套里去。我倒要瞧瞧他们的能耐。开炮的要是给炮轰了，也是一件好玩的事；他们会埋地雷，我要比他们埋得更深，把他们轰到月亮里去。啊！用诡计对付诡计，不是顶有趣的吗？这家伙一死，多半会提早了我的行期；让我把这尸体拖到隔壁去。母亲，晚安！这一位大臣生前是个愚蠢饶舌的家伙，现在却变成非常谨严庄重的人了。来，老先生，让我把您拖下您的坟墓里去。晚安，母亲！（各下。哈姆雷特拽波洛涅斯的尸体入内。）

第 四 幕

第一场　城堡中的一室

〔国王、王后、罗森克兰兹及吉尔登斯特恩上。

国王　这些长吁短叹之中，都含着深长的意义，我们必须设法探索出来。你的儿子呢？

王后　（向罗森克兰兹、吉尔登斯特恩）请你们暂时退开。（罗森克兰兹、吉尔登斯特恩下）啊，陛下！今晚我看见了多么惊人的事情！

国王　什么，葛特鲁德？哈姆雷特怎么啦？

王后　疯狂得像彼此争强斗胜的天风和海浪一样。在他野性发作的时候，他听见帏幕后面有什么东西爬动的声音，就拔出剑来，嚷着："有耗子！有耗子！"于是在一阵疯狂的恐惧之中，把那躲在幕后的好老人家杀死了。

国王　啊，罪过罪过！要是我在那儿，我也会照样死在他手里的；放任他这样胡作非为，对于你，对于我，对于每一个人，都是极大的威胁。唉！这一件流血的暴行应当由谁负责呢？我们是不能辞其咎的，因为我们早该防患未然，把这个发疯的孩子关禁起来，不让他到处乱走；可是我们太爱他了，以至于不愿想一个适当的方策，正像一个害着恶疮的人，因为不让它出毒的缘故，弄到毒气攻心，无法救治一样。他到哪儿去了？

王后　拖着那个被他杀死的尸体出去了。像一堆下贱的铅铁，掩不了真金的光彩一样，他知道他自己做错了事，他的纯良的本性就从他的疯狂里透露出来，他哭了。

国王　啊，葛特鲁德！来！太阳一到了山上，我们必须赶紧让他登船出发。对于这一件罪恶的行为,我们必须用最严正的态度,最巧妙的措辞,决定一个执法原情的措置。喂! 吉尔登斯特恩!

〔罗森克兰兹及吉尔登斯特恩重上。

国王　两位朋友,我们还要借重你们一下。哈姆雷特在疯狂之中,已经把波洛涅斯杀死;他现在把那尸体从他母亲的房间里拖出去了。你们去找他来,对他说话要和气一点;再把那尸体搬到教堂里去。请你们快去把这件事情办好。(罗森克兰兹、吉尔登斯特恩下)来,葛特鲁德,我们要去召集我们那些最有见识的朋友们,把我们的决定和这一件意外的变故告诉他们,免得外边无稽的谰言牵涉到我们身上,它的毒箭从低声的密语中散放出去,是像弹丸从炮口射出去一样每发必中的。啊,来吧,我的灵魂里充满着混乱和惊愕。(同下。)

第二场　城堡中的另一室

〔哈姆雷特上。

哈姆雷特　藏好了。

罗森克兰兹、吉尔登斯特恩　(在内)哈姆雷特! 哈姆雷特殿下!

哈姆雷特　什么声音? 谁在叫哈姆雷特? 啊,他们来了。

〔罗森克兰兹及吉尔登斯特恩上。

罗森克兰兹　殿下,您把那尸体怎么样啦?

哈姆雷特　它本来就是泥土,我仍旧让它回到泥土里去。

罗森克兰兹　告诉我们它在什么地方,让我们把它搬到教堂里去。

哈姆雷特　不要相信。

罗森克兰兹　相信什么?

哈姆雷特　相信我会放弃我自己的意见来听你的话。而且,一块海绵也敢问起我来! 一个堂堂王子应该用什么话去回答它呢?

罗森克兰兹　您把我当作一块海绵吗,殿下?

哈姆雷特　嗯,先生,一块吸收君王的恩宠、利禄和官爵的海绵。可是这样的官员要到最后才会显出他们最大的用处来；像猴子吃硬壳果一般，他们的君王先把他们含在嘴里舐弄了好久，然后再一口咽了下去。当他需要被你们所吸收去的东西的时候，他只要把你们一挤，于是，海绵，你又是一块干干的海绵了。

罗森克兰兹　我不懂您的话，殿下。

哈姆雷特　那很好，一句下流的话睡在一个傻瓜的耳朵里。

罗森克兰兹　殿下，您必须告诉我们那尸体在什么地方，然后跟我们见王上去。

哈姆雷特　他的身体和国王同在，可是那国王并不和他的身体同在。国王是一件东西——

吉尔登斯特恩　一件东西，殿下！

哈姆雷特　一件虚无的东西。带我去见他。狐狸躲起来，大家追上去。（同下。）

第三场　同前；另一室

〔国王上，侍从后随。

国王　我已经叫他们找他去了，并且叫他们把那尸体寻出来。让这家伙任意胡闹，是一件多么危险的事情！可是我们又不能把严刑峻法加在他的身上，他是为糊涂的群众所喜爱的，他们喜欢一个人，只凭眼睛，不凭理智；我要是处罚了他，他们只看见我的刑罚的苛酷，却不想到他犯的是什么重罪。为了顾全各方面的关系，叫他迅速离国，不失为一种适宜的策略；应付非常的变故，必须用非常的手段。

〔罗森克兰兹上。

国王　啊！事情怎样啦？

罗森克兰兹　陛下，他不肯告诉我们那尸体在什么地方。

国王　可是他呢？

罗森克兰兹　在外面，陛下；我们把他看起来了，等候您的旨意。

国王　带他来见我。

罗森克兰兹　喂，吉尔登斯特恩！带殿下进来。

　　　　　[哈姆雷特及吉尔登斯特恩上。

国王　啊，哈姆雷特，波洛涅斯呢？

哈姆雷特　吃饭去了。

国王　吃饭去了！在什么地方？

哈姆雷特　不是在他吃饭的地方，是在人家吃他的地方；有一群精明的蛆虫正在他身上大吃特吃哩。蛆虫是全世界最大的饕餮家；我们喂肥了各种牲畜给自己受用，再喂肥了自己去给蛆虫受用。胖胖的国王跟瘦瘦的乞丐是一个桌子两道不同的菜，不过是这么一回事。

国王　唉！唉！

哈姆雷特　一个人可以拿一条吃过一个国王的蛆虫去钓鱼，再吃那吃过那条蛆虫的鱼。

国王　你这句话是什么意思？

哈姆雷特　没有什么意思，我不过指点你一个国王可以在一个乞丐的脏腑里经过一番什么变化。

国王　波洛涅斯呢？

哈姆雷特　在天上；你差人到那边去找他吧。要是你的使者在天上找不到他，那么你可以自己到另外一个所在去找他。可是你们在这一个月里要是找不到他的话，你们只要跑上走廊的阶石，也就可以闻到他的气味了。

国王　（向若干侍从）到走廊里去找一找。

哈姆雷特　他在等着你们哩。（侍从等下。）

国王　哈姆雷特，你干出这种事来，使我非常痛心。为了你自身的安全起见，你必须火速离开国境；所以快去自己预备预备。船已经整装待发，风势也很顺利，同行的人都在等着你，一切都已经准备好向英国出发。

哈姆雷特　到英国去！

国王　是的，哈姆雷特。

哈姆雷特　好。

国王　要是你明白我的用意，你应该知道这是为了你的好处。

哈姆雷特　我看见一个明白你的用意的天使。可是来，到英国去！再会，亲爱的母亲！

国王　你的慈爱的父亲，哈姆雷特。

哈姆雷特　我的母亲。父亲和母亲是夫妇两个，夫妇是一体之亲；所以再会吧，我的母亲！来，到英国去！（下。）

国王　跟在他的后面，劝诱他赶快上船，不要耽误；我要叫他今晚离开国境。去！这件事情一解决，什么都没有问题了。请你们赶快一点。（罗森克兰兹、吉尔登斯特恩下）英格兰啊，丹麦的宝剑在你的身上还留着鲜明的创痕，你向我们纳款输诚的敬礼至今未减，要是你畏惧我的威力，重视我的友谊，你就不能忽视我的意旨；我已经在公函里要求你把哈姆雷特立即处死，照着我的意思做吧，英格兰，因为他像是我深入膏肓的痼疾，一定要借你的手把我治好。我必须知道他已经不在人世，我的脸上才会有笑容浮起。（下。）

第四场　丹麦原野

〔福丁勃拉斯、一队长及兵士等列队行进上。

福丁勃拉斯　队长，你去替我问候丹麦国王，告诉他说福丁勃拉斯因为得到他的允许，已经按照约定，率领一支军队通过他的国境。你知道我们在什么地方集合，要是丹麦王有什么话要跟我当面说，我也可以入朝晋谒；你就这样对他说吧。

队长　是，主将。

福丁勃拉斯　慢步前进。（福丁勃拉斯及兵士等下。）

〔哈姆雷特、罗森克兰兹、吉尔登斯特恩同上。

哈姆雷特　官长,这些是什么人的军队?

队长　他们都是挪威的军队,先生。

哈姆雷特　请问他们是开到什么地方去的?

队长　到波兰的某一部分去。

哈姆雷特　谁是领兵的主将?

队长　挪威老王的侄儿福丁勃拉斯。

哈姆雷特　他们是要向波兰本土进攻呢,还是去袭击边疆?

队长　不瞒您说,我们是要去夺一小块徒有虚名、毫无实利的土地。叫我出五块钱去把它买了下来,我也不要;无论挪威人,波兰人,要是把它标卖起来,谁也不会付出比这大一点的价钱来的。

哈姆雷特　啊,那么波兰人一定不会防卫它了。

队长　不,他们早已布防好了。

哈姆雷特　为了这一块荒瘠的土地,浪掷了二千人的生命,二万块的金圆,谁也不对它表示一点疑问。这完全是因为国家太富足升平了,晏安的积毒蕴蓄于内,虽然已经到了溃烂的程度,外表上却还一点看不出将死的征象来。谢谢您,官长。

队长　上帝和您同在,先生。(下。)

罗森克兰兹　我们走吧,殿下。

哈姆雷特　我就来,你们先走一步。(除哈姆雷特外均下)我所见到听到的一切,都好像在对我谴责,鞭策我赶快进行我的蹉跎未就的复仇大愿! 一个人要是在他生命的盛年,只知道吃吃睡睡,他还算是个什么东西? 简直不过是一头畜生! 上帝造下我们来,使我们能够这样高谈阔论、瞻前顾后,当然要我们利用他所赋予我们的这一种能力和灵明的理智,不让它们白白废掉。现在我明明有理由,有决心,有力量,有方法,可以动手干我所要干的事,可是我还是在说一些空话"我要怎么怎么干",而始终不曾在行动上表现出来;我不知道这是因为鹿豕一般的健忘呢,还是为了三分懦怯一分智慧的过于审慎的顾虑。像大地一样显明的榜样都在鼓励我;瞧这一支勇猛的大军,领队的是一个娇养的少年王子,勃勃的雄心振起了他的精神,使他蔑视不可知的结果。为了区区弹丸大小的一块不毛之地,拼着血肉之躯,去向命运、死亡和危险挑战。真正的伟大不是轻举妄动,而是在荣誉遭遇危险的时候,即使为了一根稻秆之微,也要慷慨力争。可是我的父亲给人惨杀,我的母亲给人污辱,我的理智和感情都被这种不共戴天的大仇所激动,我却因循隐忍,一切听其自然;看着这二万个人为了博取一个空虚的名声,视死如归地走下他们的坟墓里去,目的只是争夺一方还不够作为他们埋骨之所的土地,相形之下,我将何地自容呢?啊!从这一刻起,让我摈除一切的疑虑妄念,把流血的思想充满在我的脑际。(下。)

第五场　埃尔西诺;城堡中一室

〔王后、霍拉旭及一侍臣上。

王后　我不愿意跟她说话。

侍臣　她一定要见您;她的神气疯疯癫癫,瞧着怪可怜的。

王后　她要什么?

侍臣　不断提起她的父亲;她说她听见这世上到处是诡计;一边呻吟,一边捶她的心,对一些琐琐屑屑的事情痛骂,讲的都是些很玄妙的话,好像有意思,又好像没有意思。她的话虽然不知所云,可是却能使听见的人心中发生反应,而企图从它里面找出意义来;他们妄加猜测,把她的话断章取义,用自己的思想附会上去;当她讲那些话的时候,有时眨眼,有时点头,做着种种的手势,的确使人相信在她的言语之间含蓄着什么意思,虽然不能确定,却可以做一些很不好听的解释。

霍拉旭　最好有什么人跟她谈谈,因为也许她会在愚妄的脑筋里散布一些危险的猜测。

王后　让她进来。(侍臣下。)

> 我负疚的灵魂惴惴惊惶，
>
> 琐琐细事也像预兆灾殃；
>
> 罪恶是这样充满了疑猜，
>
> 越小心越容易流露鬼胎。

〔侍臣率奥菲莉娅重上。

奥菲莉娅　丹麦的美丽的王后陛下呢？

王后　啊,奥菲莉娅！

奥菲莉娅　（唱）

> 张三李四满街走，
>
> 谁是你情郎？
>
> 毡帽在头杖在手，
>
> 草鞋穿一双。

王后　唉! 好姑娘,这支歌是什么意思呢？

奥菲莉娅　您说？ 请您听好了。（唱）

> 姑娘,姑娘,他死了，
>
> 一去不复来，
>
> 头上盖着青春草，
>
> 脚下石生苔。
>
> 嗬呵！

王后　哎,可是,奥菲莉娅——

奥菲莉娅　请您听好了。（唱）

> 殓衾遮体白如雪——

〔国王上。

王后　唉! 陛下,您瞧。

奥菲莉娅　　鲜花红似雨，

> 花上盈盈有泪滴，
>
> 伴郎坟墓去。

国王　你好,美丽的姑娘？

奥菲莉娅　好,上帝保佑您! 他们说猫头鹰是一个面包师的女儿变成的。主啊! **我们都知道自己现在是什么,但**谁也不知道将来会变成什么。愿上帝在您的食桌上。

国王　她父亲的死激成了她这种幻想。

奥菲莉娅　对不起,我们以后再别提这件事了。要是有人问您这是什么意思,您就这样对他说:(唱)

情人佳节就在明天,

我要一早起身,

梳洗齐整到你窗前,

来做你的恋人。

他下了床披了衣裳,

他打开了房门,

她进去时是个女郎,

出来变了妇人。

国王　美丽的奥菲莉娅!

奥菲莉娅　真的,不用发誓,我会把它唱完:(唱)

凭着神圣慈悲名字,

这种事太丢脸!

少年男子不知羞耻,

一味无赖纠缠。

她说你曾答应婚嫁,

然后再同枕席;

谁料如今被你欺诈,

懊悔万千无及!

国王　她这个样子已经多久了?

奥菲莉娅　我希望一切转祸为福! 我们必须忍耐,可是我一想到他们把他放下寒冷的泥土里去,我就禁不住掉泪。我的哥哥必须知道这件事。谢谢你们很好的劝告。来,我的马车! 晚安,太太

型

们，晚安，可爱的小姐们，晚安，晚安！（下。）

国王　紧紧跟住她；留心不要让她闹出乱子来。（霍拉旭下）啊！深心的忧伤把她害成这样子，这完全是为了她父亲的死。啊，葛特鲁德，葛特鲁德！不幸的事情总是接踵而来：第一是她父亲的被杀；然后是你儿子的远别，他闯了这样的大祸，不得不亡命异国，也是自取其咎。人民对于善良的波洛涅斯的暴死，已经群疑蜂起，议论纷纷；我们这样匆匆忙忙地把他秘密安葬，更加引起了外间的疑窦，可怜的奥菲莉娅也因此而伤心得失去了她的正常的理智。我们人类没有了理智，不过是画上的图形，无知的禽兽。最后，跟这些事情同样使我不安的，她的哥哥已经从法国秘密回来，行动诡异，居心巨测，他的耳中所听到的，都是那些搬弄是非的人所散播的关于他父亲死状的恶意的谣言；**这些没有事实根据的谣言，在造谣者的牵强附会中，**少不得牵涉到我的身上。啊，我的亲爱的葛特鲁德！这种消息像一尊杀人的巨炮，到处都在危害着我的生命。（内喧呼声。）

王后　哎哟！这是什么声音？

　　　　〔一侍臣上。

国王　我的瑞士卫队呢？叫他们把守宫门。什么事？

侍臣　赶快避一避吧，陛下，比大洋中的怒潮冲决堤岸还要汹汹其势，年轻的雷厄提斯带领着一队叛军，打败了您的卫士，冲进宫里来了。这一群暴徒把他称为主上，就像世界还不过刚才开始一般，他们推翻了一切的传统和习惯，高喊着："我们推举雷厄提斯做国王！"他们掷着帽子，挥舞双手，吆喝的声音响彻云霄："让雷厄提斯做国王，让雷厄提斯做国王！"

王后　他们这样兴高采烈，却不知道已经误入歧途！啊，你们干了错事了，你们这些不忠的丹麦狗！（内喧呼声。）

国王　宫门都已经打破了。

　　　　〔雷厄提斯戎装上；一群丹麦人随上。

雷厄提斯　这国王在哪儿？弟兄们，大家站在外面。

众人　不，让我们进来。

雷厄提斯　对不起，请你们**让我自己来解决这件事**①。

众人　好，好。（众人退立门外。）

雷厄提斯　谢谢你们，把门看守好了。啊，你这万恶的奸王！还我的
　　　　父亲来！

王后　安静一点，好雷厄提斯。

雷厄提斯　我身上要是有一点血安静下来，我就是个野生的杂种，我
　　　　的父亲是个王八，我的母亲的贞洁的额角上，也要雕上娼妓的
　　　　恶名。

国王　雷厄提斯，你这样大张声势，兴兵犯上，究竟为了什么原
　　　　因？——放了他，葛特鲁德，不要担心他会伤害我的身体，一个
　　　　君王是有神圣呵护的，他的威焰可以吓退叛徒。——告诉我，雷
　　　　厄提斯，你有什么气恼不平的事？——放了他，葛特鲁德。——
　　　　你说吧。

雷厄提斯　我的父亲呢？

国王　死了。

王后　但是并不是他杀死的。

国王　尽他问下去。

雷厄提斯　他怎么会死的？我可不能受人家的愚弄。忠心，到地狱
　　　　里去吧！让最黑暗的魔鬼把一切誓言抓了去！什么良心，什么
　　　　礼貌，都给我滚下无底的深渊里去！我要向永劫挑战。**我已横
　　　　下一条心**②：死也好，活也好，我什么都不管，只要痛痛快快地为
　　　　我的父亲复仇。

国王　谁可以阻止你？

----

①　朱译手稿：让我一个人在这儿。

②　朱译手稿：我的立场已经决定。

雷厄提斯　除了我自己的意志以外，全世界也不能阻止我；**凭我的力量，我一定能轻而易举地达到我的目的**。①

国王　好雷厄提斯，要是你想知道你的亲爱的父亲究竟是怎样死去的话，你还是先认认清楚谁是友人谁是敌人呢，还是不分青红皂白地把他们一概作为你的复仇的对象？

雷厄提斯　冤有头，债有主，我只要找我父亲的敌人算账。

国王　那么你要知道谁是他的敌人吗？

雷厄提斯　对于他的好朋友，我愿意张开我的手臂拥抱他们，像舍身的鹈鹕一样，把我的血供他们喝饮②。

国王　啊，现在你才说得像一个孝顺的儿子和真正的绅士。我不但对于令尊的死不曾有份，而且为此也感觉到非常的悲痛；这一个事实将会透过你的心，正像白昼的阳光照射你的眼睛一样。

众人　(在外)放她进去！

雷厄提斯　怎么！那是什么声音？

　　　　〔奥菲莉娅上。

雷厄提斯　啊，赤热的烈焰，炙枯了我的脑浆吧！七倍辛酸的眼泪，灼伤了我的视觉吧。天日在上，我一定要叫那害你疯狂的仇人重重地抵偿他的罪恶。啊，五月的玫瑰！亲爱的女郎，好妹妹，奥菲莉娅！天啊！一个少女的理智，也会像一个老人的生命一样受不起打击吗？**恋爱中的天性是完美的，如今这完美的珍宝已随所爱者而去了！**

奥菲莉娅　(唱)

　　　　　　他们把他抬上枢架；

　　　　　　　哎呀，哎呀，哎哎呀，

　　　　　　在他坟上泪如雨下，

---

①　朱译手稿：不费吹灰之力，我就可以达到我的目的。
②　昔人误信鹈鹕以其血哺雏，故云。

　　　　　　再会，我的鸽子！

雷厄提斯　要是你没有发疯，你会激励我复仇，你的言语也不会比你
　　　现在这样子更使我感动了。

奥菲莉娅　**你应该这样唱"当厄当"，你就叫他当厄当吧。**① 啊，这纺
　　　轮转动的声音多么好听！是那坏良心的管家把主人的女儿拐了
　　　去了。

雷厄提斯　这一种无意识的话，比正言危论还要有力得多。

奥菲莉娅　这是表示记忆的迷迭香；爱人，请你记着吧：这是表示思
　　　想的三色堇。

雷厄提斯　她在疯狂中把思想和记忆混杂在一起了。

奥菲莉娅　这是给你的茴香和漏斗花；这是给你的芸香；这儿还留着
　　　一些给我自己；**这芸香，我们可以管它叫礼拜日的忏悔草。**啊！
　　　你可以把你的芸香插戴得别致点儿。这儿是一枝雏菊，我想要
　　　给你几朵紫罗兰，可是我父亲一死，它们全都谢了。他们说他死
　　　得很好。——（唱）

　　　　　　可爱的罗宾是我的宝贝。

雷厄提斯　忧愁、痛苦、悲哀和地狱中的磨难，在她身上都变成了可
　　　怜可爱。

奥菲莉娅　（唱）

　　　　　　他会不会再回来？
　　　　　　他会不会再回来？
　　　　　　　不，不，他死了，
　　　　　　　你的命难保，
　　　　　　他再也不会回来。
　　　　　　他的胡须像白银，
　　　　　　满头黄发乱纷纷。

———————————

①　奥菲莉娅此处模仿民间谣曲中的副歌。

　　　　　人死不能活，

　　　　　且把悲声歇；

　　　　　上帝饶恕他灵魂！

　　　求上帝饶恕一切基督徒的灵魂！上帝和你们同在。（下。）

雷厄提斯　　上帝啊，你看见这种惨事吗？

国王　　雷厄提斯，我必须跟你详细谈谈关于你所遭逢的不幸，你不能
　　　拒绝我这一个权利。你不妨先去选择几个你的最有见识的朋
　　　友，请他们在你我两人之间做公证人；要是他们评断的结果，认
　　　为你父亲是我主动或同谋杀害的，我愿意放弃我的国土，我的王
　　　冠，我的生命，以及我所有的一切，作为对你的补偿；可是他们假
　　　如认为我是无罪的，那么你必须答应助我一臂之力，让我们两人
　　　开诚合作，定出一个惩凶的方策来。

雷厄提斯　　就这样吧；他死得这样不明不白，他的下葬又是这样偷偷
　　　摸摸的，他的尸体上没有一些战士的荣饰，也不曾替他举行一些
　　　哀祭的仪式，从天上到地下都在发出愤怒不平的呼声，我不能不
　　　问一个明白。

国王　　你可明白一切；谁是真有罪的，让斧钺加在他的头上吧。请你
　　　跟我来。（同下。）

第六场　　同前；另一室

　　　　〔霍拉旭及一仆人上。

霍拉旭　　要来见我说话的是些什么人？

仆人　　是个水手，主人，他们说他们有信要交给您。

霍拉旭　　叫他们进来。（仆下）倘不是哈姆雷特殿下差来的人，我不知
　　　道在这世上的哪一部分会有人来看我。

　　　　〔水手等上。

水手甲　　上帝祝福您，先生！

霍拉旭　　愿他也祝福你。

水手乙　他要是高兴，先生，他会祝福我们的。这儿有一封信给您，先生——它是从那位到英国去的钦使寄来的。——要是您的名字果然是霍拉旭的话。

霍拉旭　（读信）"霍拉旭，你把这封信看过以后，请把来人领去见一见国王，他们还有信要交给他。我们在海上的第二天，就有一艘很凶猛的海盗船向我们追袭。我们因为船行太慢，只好勉力迎敌；在彼此相持的时候，我跳上了盗船，他们就立刻抛下我们的船，扬帆而去，剩下我一个人做他们的俘虏。他们对待我很是有礼，可是他们知道他们所做的事，我还要重谢他们哩。把我给国王的信交给他以后，请你就像逃命一般火速来见我。我有一些可以使你听了挢舌不下的话要在你的耳边说；可是事实的本身比这些话还要严重得多。来人可以把你带到我现在所在的地方。罗森克兰兹和吉尔登斯特恩到英国去了，关于他们我还有许多话要告诉你。再会。你的哈姆雷特。"来，让我立刻就带你们去把你们的信送出，然后请你们领我到那把这些信交给你们的那个人的地方去。（同下。）

第七场　同前；另一室

［国王及雷厄提斯上。

国王　你已经用你同情的耳朵，听见我告诉你那杀死令尊的人，也在图谋我的生命，现在你必须明白我的无罪，并且把我当作你的一个心腹的友人了。

雷厄提斯　听您所说，果然像是真的；可是告诉我，为了您自己的安全起见，为什么你对于这样罪大恶极的暴行，不采取严厉的手段呢？

国王　啊！那是因为有两个理由，也许在你看来是不成其为理由的，可是对于我却有很大的关系。王后，他的母亲，差不多一天不看见他就不能生活；至于我自己，那么不管它是我的好处或是我的致命的弱点,我的生命和灵魂是这样跟她联结在一起,正像星球不能跳出轨道一样,我也不能没有她而生活。而且我之所以不能把这件案子公开,还有一个重要的顾虑:一般民众对他都有很大的好感,他们盲目的崇拜像一道使树木变成石块的魔泉一样,把他所有的错处都变成了优点。我的箭太轻,太没有力了,遇到这样的狂风,一定不能射中目的,反而给吹了转来。

雷厄提斯　那么难道我的一个高贵的父亲就这样白白死去,一个好好的妹妹就这样白白疯了不成?她的完美卓越的姿容才德,是可以傲视一世、睥睨古今的。可是我的报仇的机会总有一天会到来。

国王　不要让这件事扰乱了你的睡眠;你不要以为我是这样一个麻木不仁的人,会让人家揪着我的胡须,还以为不过是开开玩笑。不久你就可以听到消息。我爱你的父亲,我也爱我自己,那我希望可以使你想到——

　　　　〔一使者上。

国王　啊!什么消息?

使者　启禀陛下,是哈姆雷特寄来的信;这一封是给陛下的,这一封是给王后的。

国王　哈姆雷特寄来的!谁把它们送到这儿来?

使者　他们说是几个水手,陛下,我没有看见他们;这两封信是克劳第奥交给我的,来人把信送在他手里。

国王　雷厄提斯,你可以听一听这封信。出去!(使者下。读信)"陛下,我已经光着身子回到您的国土上来了。明天我就要请您允许我拜谒御容。让我先向您告我的不召而返之罪,然后再禀告您我这次突然意外回国的原因。哈姆雷特敬上。"这是什么意思?同去的人也都一起回来了吗?还是什么人在捣鬼,并没有这么一回事?

雷厄提斯　您认识这笔迹吗?

国王　这确是哈姆雷特的亲笔。"光着身子!"这儿还附着一笔,说是"一个人回来"。你看他是什么用意?

雷厄提斯　我可不懂,陛下。可他是来得正好,我一想到我能够有这样一天当面申斥他的罪状,我的郁闷的心也热起来了。

国王　要是果然这样的话——**事情怎么会这样呢? 还有其他的办法吗?**——雷厄提斯,你愿意听我的吩咐吗?

雷厄提斯　愿意,陛下,只要你不勉强我跟他和解。

国王　我是要使你自己心里得到平安。要是他现在中途而返,不预备再做这样的航行,那么我已经想好了一个计策,激动他去做一件事情,一定可以叫他自投罗网;而且他死了以后,谁也不能讲一句闲话,即使他的母亲也不能觉察我们的**计策**①,只好认为是一件意外的灾祸。

雷厄提斯　陛下,我愿意服从你的指挥,最好请您设法让他死在我的手里。

国王　我正是这样计划。自从你到国外游学以后,人家常常说起你有一种特长的本领,这种话哈姆雷特也是早就听到过的;虽然在我的意见之中,这不过是你所有的才艺中最不足道的一种,可是你的一切才艺的总和,都不及这一种本领更能挑起他的妒忌。

雷厄提斯　是什么本领呢,陛下?

国王　它虽然不过是装饰在少年人帽子上的一条缎带,但也是少不了的;因为年轻人应该装束得华丽潇洒一些,表示他的健康活泼,正像老年人应该装束得朴素大方一些,表示他的矜严庄重一样。两个月以前,这儿来了一个诺曼底的绅士,我自己曾经和法国人在马上比过武艺,他们都是很精于骑术的,可是这位好汉简直有不可思议的魔力,他骑在马上,好像和他的坐骑化成了一体似的,随意驰骤,无不出神入化。他的技术是那样远超过我的预

---

① 朱译手稿:诡计。

料,无论我在杜撰一些怎样夸大的词句,都不够形容它的奇妙。

雷厄提斯 是个诺曼底人吗?

国王 是诺曼底人。

雷厄提斯 那么一定是拉摩德了。

国王 正是他。

雷厄提斯 我认识他;他的确是全国知名的勇士。

国王 他承认你的武艺很了不得,对于你的剑术尤其极口称赞,说是倘有人能够和你对敌,那一定大有可观;他发誓说他们国里的剑士要是跟你交起手来,一定会眼花缭乱,全然失去招架之功。他对你的这一翻夸奖,使哈姆雷特妒恼交集,一心希望你快些回来,跟他比赛一下。从这一点上——

雷厄提斯 从这一点上怎么,陛下?

国王 雷厄提斯,你是真爱你的父亲吗?还是不过是做作出来的悲哀,只有表面,没有真心?

雷厄提斯 您为什么这样问我?

国王 我不是以为你不爱你的父亲;可是我知道爱不过起于一时的感情冲动,经验告诉我,经过了相当时间,它是会逐渐冷淡下去的。爱像一盏油灯,灯芯烧枯以后,它的火焰也会由微暗而至于消灭。一切事情都不能永远保持良好,因为过度的善反会摧毁它的本身,正像一个人因充血而死去一样。我们所要做的事,应该一想到就做;因为一个人的心理是会随时变化的,稍一迟疑就会遭遇种种的迁延阻碍。**那时雄心壮志就会变成一声多余的叹息,夭折在聊以自慰之中。**可是回到我们所要谈论的中心问题上来吧。哈姆雷特回来了;你预备怎样用行动代替言语,表明你自己的确是父亲的肖子呢?

雷厄提斯 我要在教堂里割破他的喉咙。

国王 无论什么所在都不能庇护一个杀人的凶手,复仇不应该在碍手碍脚的地方。可是,好雷厄提斯,你要是果然志在复仇,还是住在自己家里不要出来。哈姆雷特回来以后,我们可以让他知道你也已经回来,叫几个人在他的面前夸奖你的本领,把你说得比那法国人所讲的还要了得,怂恿他和你做一次比赛。他是个粗心的人,一点想不到人家在算计他,一定不会仔细检视比赛用的刀剑的利钝;你只要预先把一柄利剑混杂在里面,趁他没有注意的时候不动声色地自己拿了,在比赛之际,看准他的要害刺了过去,就可以替你的父亲报了仇了。

雷厄提斯　我愿意这样做,为了达到复仇的目的,我还要在我的剑上涂一些毒药。我已经从一个卖药人手里买到一种致命的药油,只要在剑头上沾了一滴,刺到人身上,它一碰到血,即使只是擦破了一些皮肤,也会毒性发作,无论什么灵丹仙草,都不能挽救他的性命。**我要在剑头上涂上这种毒药,到时候即便轻轻一点,也能取他性命。**

国王　让我们再考虑考虑,看时间和机会能够给我们什么方便。要是这一个计策会失败,要是我们会在行动之间露出了破绽,那么还是不要尝试的好。为了预防失败起见,我们应该另外再想一个万全之计。且慢!让我想来,我们可以对你们两人的胜负打赌;啊,有了:你在跟他交手的时候,必须使出你全副的精神,使他疲于奔命,等他口干唇燥,要讨水喝的当儿,我就为他预备好一杯毒酒;万一他逃过了你的毒剑,也逃不过我们这一着。且慢!什么声音?

　　　〔王后上。

国王　啊,亲爱的王后!

王后　一桩祸事刚刚到来,又有一桩接踵而至。雷厄提斯,你的妹妹掉在水里溺死了。

雷厄提斯　溺死了!啊!在哪儿?

王后　在小溪之旁,斜生着一株杨柳,它的皑皑的枝叶倒映在明镜一样的水流之中;她一个人到那儿去,用毛茛、荨麻、雏菊和长颈紫兰——说话随便的牧羊人给这种花起了个粗俗的名字,贤德的少女们则管它叫"死人指"——编成了一个个花圈,替她自己做成了奇异的装饰。然后她爬上一根横垂的树枝,想要把她的花冠挂在上面;就在这时候,树枝折断了,连人带花一起落下呜咽的溪水里。她的衣服四散展开,使她暂时像人鱼一样漂浮水上;她嘴里还断断续续唱着古老的谣曲,好像一点不感觉到什么痛苦,又好像她本来就是生长在水中的一般。可是不多一会儿,她的衣服给水浸得重起来了,这可怜的人儿歌还没有唱完,就已经沉了下去。

雷厄提斯　唉!那么她溺死了吗?

王后　溺死了,溺死了。

雷厄提斯　太多的水淹没了你的身体,可怜的奥菲莉娅,所以我必须忍住我的眼泪。可是人类的常情是不能遏阻的,我掩饰不了心中的悲哀,只好顾不得惭愧;当我们的眼泪干了以后,我们的妇人之仁也会随着消灭的。再会,陛下!我有一段炎炎欲焚的烈火般的说话,可是我的傻气的眼泪把它浇熄了。(下。)

国王　让我们跟上去,葛特鲁德。我好容易才把他的怒气平息了一下,现在我怕又要把它挑起来了。快让我们跟上去吧。(同下。)

第 五 幕

第一场　墓　地

〔二小丑携锄锹等上。

小丑甲　她存心自己脱离人世,却要照基督徒的仪式下葬吗?

小丑乙　我对你说是的,所以你赶快把她的坟掘好了吧;验尸官已经验明她的死状,宣布应该按照基督徒的仪式把她下葬。

小丑甲　这可奇了,难道她是因为自卫而逃下水里的吗?

小丑乙　他们验明是这样的。

小丑甲　那么故意杀人也可以罪从末减了。因为问题是这样的:要是我有意投水自杀,那必须成立一个行为;一个行为可以分为三部分,那就是干、行、做,所以,她是有意投水自杀的。

小丑乙　哎,你听我说——

小丑甲　对不起。这儿是水,好。这儿站着人,好。要是这个人跑到这个水里,把他自己淹死了,那么,不管他自己愿不愿意,总是他自己跑下去的;你听见了没有? 可是要是那水走到他的身上把他淹死了,那就不是他自己把自己淹死;所以,对于他自己的死无罪的人,并没有杀害他自己的生命。

小丑乙　法律上是这样说的吗?

小丑甲　嗯,是的,这是验尸官的验尸法。

小丑乙　说一句老实话,要是这个死的不是一位贵家女子,他们决不会按照基督徒的仪式把她下葬的。

小丑甲　对了,你说得有理,有财有势的人,就是要投河上吊,比起他们同教的基督徒来也可以格外通融,世上的事情真是太不公平! 来,我的锄头。古时候没有什么绅士,只有一些种地的、开沟的、掘坟的人,他们都继承着亚当的行业。

小丑乙　亚当是一个绅士吗?

小丑甲　他是第一个佩戴纹章的人。①

小丑乙　没有吧。

小丑甲　什么! 你是个异教徒吗? 你有没有读过《圣经》?《圣经》上说:"亚当掘地。"**没有手臂他能掘地吗?** 让我再问你一个问题;要是你回答得不对,那么你就承认你自己——

————————

①　原文 arms 为双关语:纹章;手臂。

小丑乙　你问吧。

小丑甲　谁造出东西比泥水匠、船匠或是木匠更坚固？

小丑乙　造绞架的人，因为一千个寄寓在这屋子里的人都已经先后
　　　　死去，它还是站在那儿动都不动。

小丑甲　我很喜欢你的聪明，真的。绞架是很合适的；可是它怎么是
　　　　合适的？它对于那些有罪的人是合适的。你说绞架造得比教堂
　　　　还坚固，说这样的话是罪过的；所以，绞架对于你是合适的。来，
　　　　重新说过。

小丑乙　谁造出东西比泥水匠、船匠或是木匠更坚固？

小丑甲　嗯，你回答了这个问题，我就让你下工。

小丑乙　呃，现在我知道了。

小丑甲　说吧。

小丑乙　真的，我可回答不出来。

〔哈姆雷特及霍拉旭上，立远处。

小丑甲　别尽绞我的脑筋了，懒驴子是打死也走不快的；下回有人问
　　　　你这个问题的时候，你就对他说"掘坟的人"，因为他造的房子是
　　　　可以一直住到世界末日的。去，到酒店里去给我倒一杯酒来。

（小丑乙下，小丑甲且掘且歌）

　　　　　　年轻时候最爱偷情，

　　　　　　　觉得那事很有趣味；

　　　　　　规规矩矩学做好人，

　　　　　　　在我看来太无意义。

哈姆雷特　这家伙难道对于他的工作一点没有什么感觉，在掘坟的
　　　　　时候还会唱歌吗？

霍拉旭　他做惯了这种事，所以不以为意。

哈姆雷特　正是，不大劳动的手，它的感觉要比较灵敏一些。

小丑甲　（唱）

　　　　　　谁料如今岁月潜移，

　　　　　老景催人急于星火，

　　　　　两腿挺直一命归西，

　　　　　世上原来不曾有我。（掷起一骷髅。）

哈姆雷特　　那个骷髅里面曾经有一条舌头，它也会唱歌哩；瞧这家伙把它摔在地上，好像它是第一个杀人凶手该隐的颚骨似的！它也许是一个政客的头颅，现在却让这蠢货把它丢来踢去；也许他生前是一个偷天换日的好手，你看是不是？

霍拉旭　　也许是的，殿下。

哈姆雷特　　也许是一个朝臣，他会说："早安，大人！您好，大人！"也许他就是某大人，嘴里称赞某大人的马好，心里却想把它讨了来，你看是不是？

霍拉旭　　是，殿下。

哈姆雷特　　啊，正是；现在却让蛆虫伴寝，他的下巴也脱掉了，一柄工役的锄头可以在他头上敲来敲去。从这种变化上，我们大可看透生命无常的**道理**①。难道这些枯骨生前受了那么多的教养，死后却只好给人家当木块一般抛着玩吗？想起来真是怪不好受的。

小丑甲　　（唱）

　　　　　锄头一柄，铁铲一把，

　　　　　　殓衾一方掩面遮身，

　　　　　挖松泥土深深掘下，

　　　　　　掘了个坑招待客人。（掷起另一个骷髅。）

哈姆雷特　　又是一个；谁知道那不会是一个律师的骷髅？他的舞文弄法的手段，颠倒黑白的雄辩，现在都到哪儿去了？为什么他让这个放肆的家伙用龌龊的铁铲敲他的脑壳，不去控告他一个殴打罪？哼！这家伙生前也许曾经买下许多地产，开口闭口用那

————————

① 朱译手稿：消息。

些条文、具结、罚款、证据、赔偿一类的名词吓唬人；现在他的脑壳里塞满了泥土，这就算是他所取得的最后的赔偿了吗？除了两张契约大小的一方地面以外，谁能替他证明他究竟有多少地产？这一抔黄土，就是他所有的一切了吗，嗯？

霍拉旭　这就是他所有的一切了，殿下。

哈姆雷特　契约纸是不是用羊皮做的？

霍拉旭　是的，殿下，也有用牛皮做的。

哈姆雷特　**想凭契约获得财产保证的人，其实与牛羊一样愚蠢。我**要去跟这家伙谈谈。喂，这是谁的坟墓？

小丑甲　我的，先生——

挖松泥土深深掘下，

掘了个坑招待客人。

哈姆雷特　我想也是你的，因为你人在里面。

小丑甲　您人在外面，先生，因此这坟墓不属于您；就我而言，虽然我没有躺在里面，但它还是我的。

哈姆雷特　**你人在里面，就说这坟是你的，你这是在说谎。坟墓是死**人睡的，**不是给活人睡的，你因此说了谎**①。

小丑甲　**那我说的是一个活人谎，先生；你要留意，先生，这活人谎会**从我这里跑到你那里的。

哈姆雷特　你给什么人掘这坟墓？是个男人吗？

小丑甲　不是男人，先生。

哈姆雷特　那么是什么女人？

小丑甲　也不是女人。

哈姆雷特　不是男人，也不是女人，那么谁葬在这里面？

小丑甲　先生，她本来是一个女人，可是上帝让她的灵魂得到安息，她已经死了。

————————

① 朱译手稿:怎么说是你的？

哈姆雷特　这混蛋倒会分辨得这样清楚！我们讲话必须直截痛快，要是像这样含含糊糊的，可把人烦死了。凭着上帝发誓，霍拉旭，我觉得这三年来，时世变得越发不成样子，一个平民也敢用他的脚趾地去踢痛贵人的后跟。——你做这掘墓的营生，已经多久了？

小丑甲　我开始干这个营生，是在我们的老王爷哈姆雷特打败福丁布拉斯那一天。

哈姆雷特　那是多少时候以前的事？

小丑甲　你不知道吗？每一个傻子都知道的，那正是小哈姆雷特出世的那一天，就是那个发了疯给他们送到英国去的。

哈姆雷特　嗯，对了，为什么他们叫他到英国去？

小丑甲　就是因为他发了疯呀；他到英国去，他的疯病就会好的，即使疯病不会好，在那边也没有什么关系。

哈姆雷特　为什么？

小丑甲　英国人不会把他当作疯子，他们都跟他一样疯的。

哈姆雷特　他怎么会发疯？

小丑甲　人家说得很奇怪。

哈姆雷特　怎么奇怪？

小丑甲　他们说他神经有了毛病。

哈姆雷特　有什么根据吗？

小丑甲　丹麦就是我的根据。我从小到大，就在本地给人掘墓，已经整整三十年了。

哈姆雷特　一个人埋在地下，要经过多少时候才会腐烂？

小丑甲　假如他不是在未死以前就已经腐烂——现在多的是害杨梅疮死去的尸体，简直抬都抬不下去——他大概可以过八九年，一个硝皮匠在九年以内不会腐烂。

哈姆雷特　为什么他要比别人长久一些？

小丑甲　因为，先生，他的皮硝得比人家的硬，可以长久不透水；尸体一碰到水,是最会腐烂的。这儿又是一个骷髅,这骷髅已经埋在地下二十三年了。

哈姆雷特　它是谁的骷髅?

小丑甲　是个婊子养的疯小子,你猜是谁?

哈姆雷特　我猜不出。

小丑甲　这个遭瘟的疯小子!他有一次把一瓶葡萄酒倒在我的头上。这一个骷髅,先生,是国王的弄人约里克的骷髅。

哈姆雷特　这就是他!

小丑甲　正是他。

哈姆雷特　让我看。(取骷髅)唉,可怜的约里克!霍拉旭,我认识他,他是一个最会开玩笑,非常富于想象力的家伙。他曾经把我负在背上一千次;现在我一想起来,却忍不住胸头作呕。这儿本来有两片嘴唇,我不知吻过它们多少次。——现在你还会挖苦人吗?你还会蹦蹦跳跳,逗人发笑吗?你还会唱歌吗?你还会随口编造一些笑话,说得满座捧腹吗?你没有留下一个笑话讥笑你自己吗?这样垂头丧气了吗?现在你给我到小姐的闺房里去,对她说,任凭她脸上的脂粉擦得一寸厚,到后来总要变成这个样子的。你用这样的话告诉她,看她笑不笑吧。霍拉旭,请你告诉我一件事情。

霍拉旭　什么事情,殿下?

哈姆雷特　你想亚历山大在地下也是这一副形状吗?

霍拉旭　也是这样。

哈姆雷特　也有同样的臭味吗?呸!(掷下骷髅。)

霍拉旭　也有同样的臭味,殿下。

哈姆雷特　谁知道我们将来会变成一些什么下贱的东西,霍拉旭!要是我们用想象推测下去,谁知道亚历山大的高贵的尸体,不就是塞在酒桶口上的泥土呢?

霍拉旭　那未免太想入非非了。

哈姆雷特　　不,一点也不,这是很可能的;我们可以这样想:亚历山大
　　　　死了,亚历山大埋葬了,亚历山大化为尘土;人们把尘土做成烂
　　　　泥;那么为什么亚历山大所变成的烂泥,不会被人家拿来塞在酒
　　　　桶的口上呢?

　　　　　　凯撒死了,他尊严的尸体,

　　　　　　也许变了泥巴破墙填砌;

　　　　　　啊! 他从前是何等的英雄,

　　　　　　现在只好替人挡雨遮风!

　　　　可是不要作声! 不要作声! 站开;国王来了。

　　　　　　〔教士等列队上,众抬奥菲莉娅尸体前行;雷厄提斯及诸送葬者、国王、
　　　　王后及侍从等随后。

哈姆雷特　　王后和朝臣们也都来了,他们是送什么人下葬呢? 仪式
　　　　又是这样草率的? 瞧上去好像他们所送葬的那个人,是自杀而
　　　　死的,同时又是个很有身分的人。让我们躲在一旁瞧瞧他们。
　　　　(与霍拉旭退后。)

雷厄提斯　　还有些什么仪式?

哈姆雷特　　(向霍拉旭旁白)那是雷厄提斯,一个很高贵的青年,听着。

雷厄提斯　　还有些什么仪式?

教士甲　　她的葬礼已经超过了她所应得的名分。她的死状很是可
　　　　疑,倘不是因为我们迫于权力,按例就该把她安葬在圣地以外,
　　　　直到最后审判的喇叭吹召她起来。我们不但不应该替她念祷
　　　　告,并且还要用砖瓦碎石丢在她坟上;可是现在我们已经允许给
　　　　她处女的葬礼,用花圈盖在她的身上,替她散播鲜花,鸣钟送她
　　　　入土,这还不够吗?

雷厄提斯　　难道不能再有其他的仪式了吗?

教士甲　　不能再有其他仪式了。要是我们为她奏安魂曲,就像对于
　　　　一般平安死去的灵魂一样,那就要亵渎了教规。

雷厄提斯　　把她放下泥土里去;愿她的娇美的无瑕的肉体上,生出芬

芳馥郁的紫罗兰来！我告诉你,你这下贱的教士,我的妹妹将要
做一个天使,你死了却要在地狱里呼号。

哈姆雷特　什么！是美丽的奥菲莉娅吗？

王后　好花是应当散在美人身上的;永别了！(撒花)我本来希望你做
我的哈姆雷特的妻子。这些鲜花本来要铺在你的新床上,亲爱
的女郎,谁想得到我要把它们散在你的坟上！

雷厄提斯　啊,但愿千百重的灾祸降临在害得你精神错乱的那个该
死的恶人的头上！等一等,不要把泥土盖上去,让我再把她拥抱
一次。(跳下墓中)现在把你们的泥土倒下来,把死的和活的一起
掩埋了吧。让这块平地上堆起一座高山,那古老的皮利恩山和
苍秀插天的俄林波斯山都要俯伏在它的足下。

哈姆雷特　(上前)哪一个人的心里装载得下这样沉重的悲伤？哪一
个人的哀恸的词句,可以使天上的流星惊疑止步？那是我,丹麦
王子哈姆雷特(跳下墓中。)

雷厄提斯　魔鬼抓了你的灵魂去！(将哈姆雷特揪住。)

哈姆雷特　你祷告错了。请你不要抱住我的头颈;因为我虽然不是
一个暴躁易怒的人,可是我的火性发作起来,是很危险的,你还
是不要激恼我吧。放开你的手！

国王　把他们拉开！

王后　哈姆雷特！哈姆雷特！

众人　殿下,公子——

霍拉旭　好殿下,安静点儿。(侍从等分开二人。二人自墓中出。)

哈姆雷特　嘿,我愿意为了这个题目跟他决斗,直到我眼皮不再
眨动。

王后　啊,我的孩子！什么题目？

哈姆雷特　我爱奥菲莉娅,四万个兄弟的爱合起来,还抵不过我对她
的爱。你愿意为她干什么事情？

国王　啊,他是个疯人,雷厄提斯。

王后　看在上帝的分上，不要跟他认真。

哈姆雷特　哼，让我瞧瞧你会干些什么事。你会哭吗？你会打架吗？你会绝食吗？你会撕破你自己的身体吗？你会喝一大缸醋吗？你会吃一条鳄鱼吗？我都会做得到。你是到这儿来哭泣的吗？你跳下她的坟墓里，是要当面羞辱我吗？你跟她活埋在一起，我也会跟她活埋在一起；要是你还要夸说什么高山大岭，那么让他们把几百万亩的泥土堆在我们身上，直到我们的地面深陷到赤热的地心，让巍峨的奥萨山在相形之下变得只像一个瘤那么大吧！嘿，你会吹，我就不会吹吗？

王后　这不过是他一时的疯话。他的疯病一发作起来，总是这个样子的；可是等一会儿他就会安静下来，正像母鸽孵育它那金羽的雏鸽的时候一样温和了。

哈姆雷特　听我说，老兄，你为什么这样对待我？我一向是爱你的。可是这些都不用说了，有本领的，随他干什么事吧。猫总是要叫，狗总是要闹的。（下。）

国王　好霍拉旭，你跟住他。（霍拉旭下，向雷厄提斯）记住我们昨天晚上所说的话，格外忍耐点儿吧；我们马上就要可以实行我们的办法。好葛特鲁德，叫几个人好好看守你的儿子。这一个坟上将要植立一块永久的墓碑。平静的时间不久就会到来，现在我们必须耐着心把一切安排。（同下。）

第二场　城中的厅堂

　　　〔哈姆雷特及霍拉旭上。

哈姆雷特　这个题目已经讲完，现在我可以让你知道另外一段事情。你还记得当初的一切经过情形吗？

霍拉旭　记得，殿下。

哈姆雷特　在我的心里有一种战争，使我不能睡眠，我觉得我的处境比锁在脚镣里的叛变的水手还要难堪。**卤莽，卤莽反而是值得**

赞美的——我们应该知道,我们乘着一时的孟浪,往往可以做出一些为我们的深谋密虑所做不成功的事;从这一点上,我们可以看出来,无论我们怎样辛苦图谋,我们的结果却早已有一种冥冥中的力量把它布置好了。

霍拉旭　这是无可置疑的。

哈姆雷特　当时我从舱里起来,一件航海的宽衣罩在我的身上,我在黑暗之中摸索着找寻他们的所在,果然给我达到目的,摸到了他们的包裹,拿着它回到我自己的地方;疑心使我忘记了礼貌,我大胆地拆开了他们的公文,在那里面,霍拉旭——啊,堂皇的诡计! ——我发现一道切实的命令,借了许多好听的理由为名,**如果让我继续活在人世,我必然会兴妖作怪**①;说是为了丹麦和英国双方的利益,必须不等磨好利斧,立即枭下我的首级。

霍拉旭　有这等事?

哈姆雷特　这一封就是原来的国书;你有空的时候可以仔细读一下。可是你愿意听我告诉你后来我怎么办吗?

霍拉旭　请您告诉我。

哈姆雷特　在这样重重诡计的包围之中,我的脑筋不等我定下心来思索,就开始活动起来了;我坐下来另外写了一通官样文章的国书。从前我曾经抱着跟我们那些政治家们同样的意见,认为文章写得好是一件有失体面的事,总是想竭力忘记这一种学问,可是现在它却对我有了大大的用处。你知道我写些什么话吗?

霍拉旭　嗯,殿下。

哈姆雷特　我用国王的名义,向英王提出恳切的要求,因为英国是他忠心的藩属,因为两国之间的友谊,必须让它像棕榈树一样发荣繁茂,因为和平的女神必须永远戴着她的荣冠,沟通彼此的情感,以及许许多多诸如此类的重要理由,请他在读完这一封信以

---

①　朱译手稿:掩藏着狰狞丑恶的鬼蜮的面貌。

后,不要有任何的迟延,立刻把那两个传书的来使处死,不让他
们有从容忏悔的时间。

霍拉旭　可是国书没有盖印,那怎么办呢?

哈姆雷特　啊,就在这件事上,也可以看出一切都是上天预先注定。
　　我的衣袋里恰巧藏着我父亲的私印,它跟丹麦的国玺是一个式
　　样的;我把伪造的国书照着原来的样子折好,签上名字,盖上印
　　玺,把它小心封好,归还原处,一点没有露出破绽。下一天就遇
　　见了海盗,那以后的情形,你早已知道了。

霍拉旭　这样说来,吉尔登斯特恩和罗森克兰兹是去送死的了。

哈姆雷特　哎,朋友,他们本来是自己钻求这件差事的;我在良心上
　　没有对不起他们的地方,是他们自己的阿谀献媚断送了他们的
　　生命。两个强敌猛烈争斗的时候,不自量力的微弱之辈,却去插
　　身在他们的中间,这样的事情是最危险不过的。

霍拉旭　嘿,这是一个什么国王!

哈姆雷特　你想,我是不是应该——他杀死了我的父王,奸污了我母
　　亲,篡夺了我的嗣位的权利,用这种诡计谋害我的生命,凭良心
　　说,我是不是应该亲手向他复仇雪恨?上天会不会嘉许我替世
　　上剪除这一个戕害天性的蟊贼,不让他继续为非作恶?

霍拉旭　他不久就会从英国得到消息,知道这一回事产生了怎样的
　　结果。

哈姆雷特　时间虽然很局促,可是我已经抓住眼前这一刻工夫;一个
　　人的生命可以在说一个"一"字的一刹那之间了结。可是我很后
　　悔,好霍拉旭,不该在雷厄提斯之前失去了自制;因为他所遭遇
　　的惨痛,正是我自己的怨愤的影子。我要取得他的好感。可是
　　他倘不是那样夸大他的悲哀,我也决不会动起那么大的火性
　　来的。

霍拉旭　不要作声,谁来了!

　　　　〔奥斯里克上。

奥斯里克　殿下，欢迎您回到丹麦来！

哈姆雷特　谢谢您，先生。(向霍拉旭旁白)你认识这只水苍蝇吗？

霍拉旭　(向哈姆雷特旁白)不认识，殿下。

哈姆雷特　(向霍拉旭旁白)那是你的运气，因为认识他是一件丢脸的事。他有许多肥田美壤，**要是一头畜生做了一群畜生的主人，他就有资格在御座之前低头吃草了。他是个愚蠢的乡巴佬，只是——我刚才说了——拥有许多田产**①。

奥斯里克　殿下，您要是有空的话，我奉陛下之命，要来告诉您一件事情。

哈姆雷特　先生，我愿意恭聆大教。您的帽子是应该戴在头上的，你还是戴上去吧。

奥斯里克　谢谢殿下，天气真热。

哈姆雷特　不，相信我，天冷得很，在刮北风哩。

奥斯里克　真的有点儿冷，殿下。

哈姆雷特　可是对于像我这样的体质，我觉得这一种天气却是闷热得厉害。

奥斯里克　对了，殿下；真是说不出来的闷热。可是，殿下，陛下叫我来通知您一声，他已经为您下了一个很大的赌注了。殿下，事情是这样的——

哈姆雷特　请您不要忘记了您的帽子。(促奥斯里克戴上帽子。)

奥斯里克　不，殿下，我还是这样舒服些，真的。殿下，雷厄提斯新近到我们的宫廷里来，相信我，他是一个完善的绅士，充满着最卓越的特点，他的态度非常温雅，他的谈吐又是非常渊博，说一句发自衷心的话，他是上流社会的指南针，因为在他身上可以找到一个绅士所应有的品质的总汇。

---

①　朱译手稿：要是一头畜生做了万兽之王，他也会在御座之前低头吃草了。他是个满身泥土气的伧夫。

哈姆雷特　先生,他对于您这一番描写,的确可以当之无愧,虽然我
　　　知道,要是把他的好处一件一件列举出来,不但我们的记忆将要
　　　因此而淆乱,交不出一篇正确的账目来,而且他这一艘满帆的快
　　　船,也决不是我们失舵之舟所能追及;可是,凭着真诚的赞美而
　　　言,我认为他是一个才德优异的人,他的高超的禀赋是那样稀有
　　　而罕见,说一句真心的话,除了在他的镜子里以外,再也找不到
　　　第二个跟他同样的人,纷纷追踪**稀迹**之辈,不过是他的影子
　　　而已。

奥斯里克　殿下把他说得一点不错。

哈姆雷特　您的用意呢? 为什么我们要用尘俗的呼吸,嘘在这位绅
　　　士的身上呢?

奥斯里克　殿下?

霍拉旭　就是你自己所用的语言,到了别人的嘴里,你就听不懂了
　　　吗? **你还是直说了吧。**

哈姆雷特　你向我提起这位绅士的名字,有什么目的?

奥斯里克　雷厄提斯吗?

霍拉旭　他的嘴里已经变得空空洞洞,因为他的那些好听的话都说
　　　完了。

哈姆雷特　正是雷厄提斯。

奥斯里克　我知道您不是不知道——

哈姆雷特　您既然知道,那就很好;即使您不知道,对我也没什么不
　　　好。好,您怎么说?

奥斯里克　您不是不知道雷厄提斯有些什么特长——

哈姆雷特　那我可不敢说,因为也许人家会疑心我有意跟他比并高
　　　下,可是要知道一个人的底细,应该先知道他自己。

奥斯里克　殿下,我的意思是说他的武艺;人家都称赞他的本领一时
　　　无两。

哈姆雷特　他会使些什么武器?

奥斯里克　长剑和短刀。

哈姆雷特　他会使这两种武器吗？很好。

奥斯里克　殿下，王上已经用六匹巴巴里的骏马跟他打赌；在他的一方面，照我所知道的，押的是六柄法国的宝剑和好刀，连同一切鞘带之类的附件，其中有三柄的革绶尤其珍奇可爱，跟剑柄配得非常合式，式样非常精致，花纹非常富丽。

哈姆雷特　你所说的"革绶"是什么东西？

霍拉旭　我知道您要听懂他的说话，非得翻查一下注解不可。

奥斯里克　殿下，革绶就是剑柄上的挂带。

哈姆雷特　**要是我们的腰间挂着大炮，你用这个名称倒也合适；这样的情景还没有出现以前，我暂时还是叫它挂带吧**。好，说下去；六匹巴巴里骏马对六柄法国宝剑，附件在内，外加三条花纹富丽的革绶。**这是法国和丹麦之间的打赌**。为什么两方面要下这样的赌注呢？

奥斯里克　殿下，王上跟他打赌，要是你们两人交起手来，在十二个回合之中，他至多不过有三个回合占到您的上风；**而他却打赌十二回合中要赢下九个回合**。殿下要是答应的话，马上就可以试一试。

哈姆雷特　要是我不答应呢？

奥斯里克　殿下，我的意思是说，王上要请您去跟他当面比较高低。

哈姆雷特　先生，我还要在这儿厅堂里散散步；您去回陛下说，现在是我一天之中休息的时间。叫他们把比赛的用的钝剑准备好了，要是这位绅士愿意，王上也不改变他的意见的话，我愿意尽力为他博取一次胜利；万一不幸失败，那我也不过丢了一次脸，给他多剁了两下。

奥斯里克　我就照这样去回话吗？

哈姆雷特　你就照这个意思去说，随便你再加上一些什么花俏的句子都行。

奥斯里克　**我愿意随时为殿下效劳。**①

哈姆雷特　**岂敢岂敢!**②（奥斯里克下）他还是好好为他自己效劳吧。
　　别人恐怕是不会说好话给他听的。

霍拉旭　这一只小鸭子顶着壳儿逃走了。

哈姆雷特　他在母亲怀抱里的时候,也要先把他母亲的奶头恭维几
　　句,然后吮吸。像他这一类靠着一些繁文缛礼撑撑场面的家伙,
　　正是愚妄的世人所醉心的;他们的浅薄的牙慧使傻瓜和聪明人
　　同样受他们的欺骗,可是一经试验,他们的水疱就爆破了。

　　　　　〔一贵族上。

贵族　殿下,陛下刚才叫奥斯里克来向您传话,知道您在这儿厅上等
　　候他的旨意;他叫我再来问您一声,您是不是仍旧愿意跟雷厄提斯
　　比剑,还是慢慢再说。

哈姆雷特　我没有改变我的初衷,一切服从王上的旨意。现在也好,
　　无论什么时候都好,只要他方便,我总是随时准备着,除非我丧
　　失了现在所有的力气。

贵族　王上、娘娘,跟其他的人都要到这儿来了。

哈姆雷特　他们来得正好。

贵族　娘娘请您在开始比赛以前,对雷厄提斯客气点儿。

哈姆雷特　我愿意服从她的教诲。（贵族下。）

霍拉旭　殿下,您在这一回打赌中间,多分要失败的。

哈姆雷特　我想我不会失败。自从他到法国去以后,我练习得很勤,
　　我一定可以把他打败。可是你不知道我的心里是多么不舒服,
　　那也不说了。

霍拉旭　啊,我的好殿下——

哈姆雷特　那不过是一种傻气的心理;可是一个女人也许会因为这

---

① 朱译手稿:那么殿下,我告辞了。

② 朱译手稿:再见,再见!

种莫名其妙的疑虑而惶惑。

霍拉旭　要是您心里不愿意做一件事,那么就不要做吧。我可以去
　　通知他们不用到这儿来,说你现在不能比赛。

哈姆雷特　不,我们不要害怕什么预兆,一只雀子的死生,都是命运
　　预先注定的。注定在今天,就不会是明天;不是明天,就是今天;
　　逃过了今天,明天还是逃不了,随时准备着就是了。一个人既然
　　不知道他会留下些什么,那么早早脱身而去,不是更好吗? 随
　　它去。

　　〔国王、王后、雷厄提斯、奥斯里克及侍从等持钝剑等上。

国王　来,哈姆雷特,来,让我替你们两人和解和解。(牵雷厄提斯、哈
　　姆雷特二人手使相握。)

哈姆雷特　原谅我,雷厄提斯,我得罪了你,可是你是个堂堂男子,请
　　您原谅我吧。这儿在场的众人都知道,你也一定听见人家说起,
　　我是怎样被疯狂害苦了。凡是我的所作所为,足以伤害你的感
　　情和荣誉,挑起你的愤激来的,我现在声明都是我在疯狂中犯下
　　的过失。难道哈姆雷特会做对不起雷厄提斯的事吗? 哈姆雷特
　　决不会做这种事。要是哈姆雷特在丧失他自己的心神的时候,
　　做了对不起雷厄提斯的事,那样的事不是哈姆雷特做的,哈姆雷
　　特不能承认。那么是谁做的呢? 是他的疯狂。既然是这样,那
　　么哈姆雷特也是属于受害的一方,他的疯狂是可怜的哈姆雷特
　　的敌人。当着在座众人之前,我承认我在无心中射出的箭,误伤
　　了我的兄弟;我现在要向他请求大度包涵,宽恕我的不是出于故
　　意的罪恶。

雷厄提斯　我的气愤虽然已经平息,可是几句道歉的说话,却不能使
　　我放弃我的复仇的誓愿:除非有什么为众人所敬仰的长者,告诉
　　我可以跟你捐弃宿怨,指出这样的事是有前例可援的,不至于损
　　害我的名誉,那时我才可以跟你言归于好。可是现在我意愿抛
　　弃一切猜疑,诚心接受你的友好的表示。

哈姆雷特 　我绝对信任你的诚意,愿意奉陪你举行这一次友谊的比赛。把钝剑给我们。来。

雷厄提斯 　来,给我一柄。

哈姆雷特 　雷厄提斯,我的剑术荒疏已久,不是你的对手,正像最黑暗的夜里一颗吐耀的明星一般,彼此相形之下,一定更显得你的本领的高强。

雷厄提斯 　殿下不要取笑。

哈姆雷特 　不,我可以举手起誓,这不是取笑。

国王 　奥斯里克,把钝剑分给他们。哈姆雷特侄儿,你知道我们怎样打赌吗?

哈姆雷特 　我知道,陛下,你把赌注下在实力较弱的一方了。

国王 　我想我的判断不会有错。你们两人的技术我都领教过,现在我们不过要看看他比从前进步得怎么样。

雷厄提斯 　这一柄太重了,换一柄给我。

哈姆雷特 　这一柄我很满意,这些钝剑都是同样长短的吗?

奥斯里克 　是,殿下。(二人准备比剑。)

国王 　替我在那桌子上斟下几杯酒。要是哈姆雷特击中了第一剑或是第二剑,或者在第三次交锋的时候争得上风,让所有的碉堡上一齐鸣起炮来;国王将要饮酒慰劳哈姆雷特,他还要拿一颗比丹麦四代国王戴在王冠上的更贵重的珍珠丢在酒杯里。把杯子给我;鼓声一起,喇叭就接着吹响,通知外面的炮手,让炮声震彻天地,报告这一个消息:"现在国王为哈姆雷特祝饮了!"

　　来,开始比赛吧,你们在场裁判的都要留心看好。

哈姆雷特 　请了。

雷厄提斯 　请了,殿下。(二人比剑。)

哈姆雷特 　一剑。

雷厄提斯 　不,没有击中。

哈姆雷特　请裁判员公断。

奥斯里克　中了,很明显的一剑。

雷厄提斯　好,再来。

国王　且慢,拿酒来! 哈姆雷特,这一颗珍珠是你的;祝你健康! 把这一杯酒给他。(喇叭齐奏,内鸣炮。)

哈姆雷特　让我先赛完这一局,暂时把它放在一旁。来!(二人比剑)又是一剑;你怎么说?

雷厄提斯　我承认给你碰着了。

国王　我们的孩子一定会胜利。

王后　他身体太胖,有些喘不过气来。来,哈姆雷特,把我的手巾拿去,揩干你额上的汗。王后为你饮下这一杯酒,祝你的胜利了,哈姆雷特。

哈姆雷特　好妈妈!

国王　葛特鲁德! 不要喝。

王后　我要喝的,陛下,请您原谅我。

国王　(旁白)这一杯酒里有毒;太迟了。

哈姆雷特　母亲,我现在还不敢喝酒;等一等再喝吧。

王后　来,让我揩揩干净你的脸孔。

雷厄提斯　陛下,现在我一定要击中他了。

国王　我怕你击不中他。

雷厄提斯　(旁白)可是我的良心却不赞成我干这件事。

哈姆雷特　来,再受我一剑,雷厄提斯;你怎么一点不上劲? 请你使出你全身的本领来吧,我怕你在开我的玩笑哩。

雷厄提斯　你这样说吗? 来。(二人比剑。)

奥斯里克　两边都没有中。

雷厄提斯　受我这一剑!(雷厄提斯挺剑刺伤哈姆雷特;二人在争夺中彼此手中之剑各为对方夺去,哈姆雷特以夺来之剑刺雷厄提斯,雷厄提斯亦受伤。)

国王　分开他们！他们动起火性来了。

哈姆雷特　来,再试一下。(王后倒地。)

奥斯里克　哎哟,瞧王后怎么啦!

霍拉旭　他们两人都在流血。您怎么啦,殿下?

奥斯里克　您怎么啦,雷厄提斯?

雷厄提斯　唉,奥斯里克,正像一只自投罗网的山鹬,我用诡计害人,反而害了自己,这也是我应得的报应。

哈姆雷特　王后怎么啦?

国王　她看见他们流血,昏了过去了。

王后　不,不,那杯酒,那杯酒——啊,我的亲爱的哈姆雷特,那杯酒,那杯酒,我中毒了。(死。)

哈姆雷特　啊,奸恶的阴谋!喂!把门锁上!阴谋,查出来是哪一个人干的。(雷厄提斯倒地。)

雷厄提斯　凶手就在这儿,哈姆雷特。哈姆雷特,你已经不能活命了;世上没有一种药可以救治你;不到半小时,你就要死去。那杀人的凶器就在你的手里,它的锋利的刃上还涂着毒药。这奸恶的诡计已经回转来害了我自己;瞧!我躺在这儿,再也不会站起来了。你的母亲也中了毒。我说不下去了。国王——国王——都是他一个人的罪恶。

哈姆雷特　锋利的刃上还涂着毒药!——好,毒药,发挥你的力量吧。(刺国王。)

众人　反了!反了!

国王　啊!帮帮我,朋友们;我不过受了点伤。

哈姆雷特　好,你这败坏伦常、嗜杀贪淫、万恶不赦的丹麦奸王!喝干了这杯毒药——你那颗珍珠是在这儿吗?——跟我的母亲一道去吧。(国王死。)

雷厄提斯　他死得应该,这毒药是他亲手调下的。尊贵的哈姆雷特,让我们互相宽恕;我不怪你杀死我和我的父亲,你也不要怪我杀死你！（死。）

哈姆雷特　愿上天赦免你的错误！我也跟着你来了。我死了，霍拉旭。不幸的王后，别了！你们这些看见这一幕意外的惨变而战栗失色的无言的观众，倘不是因为死神的拘捕不给人片刻的留滞，啊！我可以告诉你们——可是随它去吧。霍拉旭，我死了，你还活在世上，请您把我的行事的始末根由昭告世人，解除他们的疑惑。

霍拉旭　不，我虽然是个丹麦人，可是在精神上我却更是个古代的罗马人；这儿还留剩着一些毒药。

哈姆雷特　你是个汉子，把那杯子给我；放手！凭着上天起誓，你必须把它给我。啊，上帝！霍拉旭，我一死之后，要是世人不明白这一切事情的真相，我的名誉将要永远蒙着怎样的损伤！你倘然爱我，请你暂时牺牲一下天堂上的幸福，留在这一个冷酷的人间，替我传述我的故事吧。（内军队自远处行进及鸣炮声）这是哪儿来的战场上的声音？

奥斯里克　年轻的福丁勃拉斯从波兰奏凯班师，这是他对英国来的钦使所发的礼炮。

哈姆雷特　啊！我死了，霍拉旭，猛烈的毒药已经克服了我的精神，我不能活着听见英国来的消息。可是我可以预言福丁勃拉斯将被推戴为王，他已经得到我这临死之人的同意；你可把这儿所发生的一切事实告诉他。此外唯余沉默。（死。）

霍拉旭　一颗高贵的心现在碎裂了！晚安，亲爱的王子，愿成群的天使们用歌唱抚慰你安息！——为什么鼓声越来越近了？（内军队行进声。）

　　〔福丁勃拉斯、英国使臣及余人等上。

福丁勃拉斯　这一场比赛在什么地方举行？

霍拉旭　你们要看些什么？要是你们想知道一些惊人的惨事，那么不用再到别处找了。

福丁勃拉斯　好一场惊心动魄的屠杀！啊，骄傲的死神！你用这样
　　　残忍的手腕，一下子杀死了这许多王裔贵胄，在你的永久的幽窟
　　　里，将要有一席多么丰美的盛筵！

使臣甲　　这一个景象太惨了，我们从英国奉命来此，本来是要回复这
　　　儿的王上，告诉他我们已经遵从他的命令，把罗森克兰兹和吉尔
　　　登斯特恩两人处死；不幸我们来迟了一步，那应该听我们说话的
　　　耳朵已经没有知觉了。我们还希望从谁的嘴里得到一声感
　　　谢呢？

霍拉旭　　即使他能够向你们开口说话，他也不会感谢你们；他从来不
　　　曾命令你们把他们处死。可是，既然你们都来得这样凑巧，有的
　　　刚从波兰凯旋，有的刚从英国到来，恰好看见这一幕流血的惨
　　　剧，那么请你们叫人把这几个尸体抬起来放在高台上面，让大家
　　　可以看见，让我向那懵无所知的世人报告这些事情的发生经过；
　　　你们可以听到奸淫残杀，反常悖理的行为，冥冥中的判决，意外
　　　的屠戮，借手杀人的狡计，以及陷入自害的结局：这一切我都可
　　　以确确实实地告诉你们。

福丁勃拉斯　让我们赶快听你说；所有最尊贵的人，都叫他们一起来
　　　吧。我在这一个国内本来也有继承王位的权利，现在国中无主，
　　　正是我要求这一个权利的机会；可是我虽然准备接受我的幸运，
　　　我的心里却充满了悲哀。

霍拉旭　　关于那一点，我受死者的嘱托，也有一句话要说，他的意
　　　见是可以影响许多人的；可是在这人心惶惶的时候，让我还是
　　　先把这一切解释明白了，免得引起更多的不幸、阴谋和错
　　　误来。

福丁勃拉斯　让四个将士把哈姆雷特像一个军人似的抬到台上，因
　　　为要是他能够践登王位，一定会成为一个贤明的君主的；为了表
　　　示对他的悲悼，我们要用军乐和战地的仪式，向他致敬。把这些
　　　尸体一起扛起来。这一种情形在战场上是不足为奇的，可是在

宫廷之内，却是非常的变故。去，叫兵士去放起炮来。（奏丧礼进行曲；众抬尸同下。鸣炮。）